Los cisnes de Macy's

Los cisnes de Macy's

Leticia Sala

R

**RESERVOIR
BOOKS**

Papel certificado por el Forest Stewardship Council®

Penguin
Random House
Grupo Editorial

Primera edición: febrero de 2023

Printed in Spain – Impreso en España

ISBN: 978-84-18052-15-6
Depósito legal: B-21.485-2022

Compuesto en La Nueva Edimac, S. L.
Impreso en Liberdúplex
Sant Llorenç d´Hortons (Barcelona)

RK52156

Para Cleo y para Lola

ÍNDICE

Divine Nails 11

Trenes 17

Sacramento 25

Los cisnes de Macy's 29

Pulparindo 33

Está k se kae 37

Science 43

Cajas 47

Número cuatro 51

Doula 53

Emily 57

Peta zetas 59

Micanopy, FL 67

Mis padres 77

Inevitable 79

Lo invisible 83

Miss Marple 89

Archivos compartidos 93

God Bless You 97

Los cambios son otros 107

Frenemies 109

Greta 115

04/08/2021 119

Perros esperando 127

Hermano mío 129

Dos tontos muy tontos 135

Destello 141

Querida Lily 143

Caminos salvajes 149

Meteorito 155

Hija de YouTube 167

DIVINE NAILS

Detrás de todos esos K, hubo momentos tristes. Pero eso quién se lo imagina. La gente solo ve un número de seguidores, una foto con filtro, y ya se hace una idea de ti. Nunca piensan en lo que hay detrás. Antes de convertirme en manicurista de famosas, yo era una chica normal. Vivía en el Little Habana de Miami, los domingos por la tarde me dejaba ver en los juegos recreativos de Game Zone o en los restaurantes de Miami Beach en temporada baja. Nunca he sabido si soy guapa o si soy normal.

Estudié psicología en la Universidad Internacional de Florida porque me interesaban las personas, por supuesto, pero por encima de todo me interesaban sus manos: jugar con las uñas para burlar la forma de sus dedos, alargarlas hasta el infinito. Una mujer que gesticula con unas uñas cuidadas hace mover la belleza a su antojo. Las uñas son poderosas, siempre lo he sabido. Por eso nos las mordemos como forma de automutilación. Cuando me atreví a decirle a mi madre que lo que yo quería era ser manicurista, me dijo que eso era un oficio y que yo debía tener una profesión de verdad. Me aseguró que los oficios existían por si estallaba la guerra y las empresas desaparecían. Me faltaron argumentos para contradecirla. La vida de verdad de una manicurista tampoco me seducía; con suerte habría terminado empleada en algún centro de belleza en la isla de Key Biscayne consintiendo los delirios de las esposas de hombres ricos, riendo las gracias a manos insulsas para recibir con suerte una buena propina.

Pero ese bot cambió mi vida. Era mi primer año de universidad y me encontraba en plena época de exámenes. Decidí contratar un plan de 139,90 dólares al mes que me ayudaría a aumentar la visibilidad de mi cuenta de Instagram en la que iba publicando las obras de uñas que les hacía gratis a mis compañeras de clase. Por aquel entonces solo tenía doscientos seguidores: cien eran amigos y conocidos, y el resto eran cuentas falsas compradas de Bangladesh. El bot se pasaba todo el día poniendo likes y siguiendo a gente que usara los hashtags que yo le indicaba: #uñasdegel, #acrílico, #beauty, #esmalte, #gelUV, #nails, #miami, etc.

Cada mañana, nada más abrir los ojos, entraba en mi cuenta y veía cómo los seguidores habían aumentado durante la noche. En mi bandeja de entrada podía ver decenas de mensajes de chicas por la zona de Miami preguntándome dónde tenían que acercarse para tener esas uñas. Vi la magia con mis propios ojos por primera vez en la vida. Así que acomodé el sótano del piso donde todavía vivía con mis padres y empecé a recibir a mis primeras clientas. Unos meses más tarde, mis ingresos eran tales que podía contratar el leasing de un coche, retocarme las orejas de soplillo que tanto me habían traumatizado desde pequeña, vivir la boda que soñábamos, mudarme a un piso en el edificio Echo Park de Brickell Avenue con mi nuevo marido y dos chicas venezolanas, cenar ceviche en el hotel Mandarín sin nada que celebrar… Tuve que dejar la universidad, no hacía más que recibir clientas. Oír el teclear de las uñas de gel en las pantallas de sus móviles al finalizar el tratamiento hacía que todo valiese la pena.

Si algo he aprendido es que nadie habla nunca de las relaciones que tiene con sus esteticistas. Nunca se lee en las memorias de una celebridad: «Esa tarde de verano tuve una conversación con mi maquilladora que cambió el curso de mi vida». Y, sin embargo, algo cósmico sucede mientras tocamos sus manos, embellecemos partes de su cuerpo, y ellas nos miran a los ojos durante horas, entregadas a nuestra técnica. Puedo asegurar que me cuentan muchas más cosas de lo que confiesan a sus psicoanalistas judíos de Downtown Miami. Esos momentos en apariencia tan banales son cápsulas de la intimidad más generosa. Pero se olvidan conforme la clienta sale por la puerta, eso también lo he asumido. Ya no me importa que se evaporen. Lo que sí me da mucha pena es que nunca se acuerden de despedirse cuando se mudan de barrio.

Ya sé que los seguidores no se pueden tocar como toco las manos, pero los sentía a mi lado allá donde fuese. Cada vez que Divine Nails aumentaba de diez mil seguidores, abría una botella de champán con mi marido, pero llegó un punto en el que perdimos la cuenta. Conseguí el check azul muy rápidamente, eso me daba una especie de inmunidad diplomática en las redes. La gente me contestaba solo por tenerlo, mis comentarios salían destacados en cualquier foto. Conducía por Instagram como por el Florida Express Lane. Era el tiempo del sí.

Pero ese mismo bot también me trajo angustia. Uno de los likes automáticos que puso fue a una chica de Coral Gable que hacía lo mismo que yo. Yuli me dio a seguir y me escribió un mensaje ipso facto con el emoji de las uñas y muchos corazones. Al principio me hizo gracia conocerla. Nos ayudábamos, nos pasábamos clientas cuando alguna no podía atenderlas, nos etiquetábamos en fotos, nos recomendábamos en stories. En esa época, la revolución feminista no tenía ninguna intención de mirar a otro lado, y la sororidad era casi una caza de brujas. Éramos del mismo gremio, teníamos una edad parecida, ser amigas era lo natural. Siempre decíamos que teníamos que vernos pero al final pasaba algo. Desde luego yo no paraba de trabajar. En las redes éramos mejores amigas. Yuli nunca supo que había sido el bot y no yo quien le había dado ese like. Ella me decía que nos habíamos encontrado por providencia divina. No encontré el momento de decirle la verdad.

Divine Nails llegó al cielo cuando un buen día recibí un DM de Rosalía. Me decía que estaba en Miami y que le encantaría que le hiciera las uñas para el concierto que iba a dar esa noche. Cancelé todas las citas programadas, compré lirios rosas y perfumé toda la sala con velas de Diptyque. No me podía creer lo que estaba pasando: el arte de las uñas de gel de Rosalía era icónico mundialmente. Podría haber elegido a cualquier manicurista de todo Miami, y me eligió a mí. Esa noche encendí varias velas en el altar del salón pidiéndole a Dios que bendijera ese encuentro. Rosalía quedó muy contenta, o al menos eso es lo que escribió en su story. Por esa mención, las cifras de mi negocio se multiplicaron, y qué decir de mis seguidores. Otras famosas empezaron a querer mis servicios, mi trabajo salía en *Vogue Magazine* mensualmente, OPI me encargó inventarme nuevos colores para sus esmaltes. Sentía el calor de la luz en mis hombros.

Ahí es cuando todo cambió con Yuli. Al principio fueron cambios muy sutiles, después se convirtieron en pruebas evidentes. Solo me miraba las stories si yo le ponía un like. Ella solo me ponía likes en las fotos de mi perro, jamás en las que salía mi trabajo o mi cara. Solo contestaba a mis DM con emojis muy secos. Dejó de usar corazones. Ponía memes confusos dirigidos a mí, o eso me parecía. Publicaba citas de instapoetas hablando de la decepción en las amistades. Jamás volvió a recomendarme en las redes. Aparecía cada noche en mis sueños, a pesar de no haberla visto nunca en persona. Soñaba que me robaba las clientas, que me había superado en el número de seguidores, que Rihanna la había contratado.

Lo peor es que al final yo tampoco soportaba su éxito. De pronto, todo lo que hacía me sacaba de quicio. Sentía que me copiaba en todas sus publicaciones. Hacía las fotos de las uñas con el mismo ángulo que yo. Me dolía el estómago cada vez que entraba a su Instagram, y sin embargo no podía dejar de hacerlo. Mi marido no quería oír ni una palabra más sobre ella. Huía de los sitios en los que podía estar. Tuve que dejar de ir a las ventas especiales de esterilizadores y lámparas de UV en el Dolphin Mall. Me convertí en un elefante asustado por un ratón.

Fruto de mi desesperación y mi anhelo de quitármela de la cabeza, fui a ver a una bruja cubana que había hecho que una de mis clientas dejase de ver a su difunto hijo por todas partes. Le conté todo lo que me estaba pasando con Yuli, lo amenazada que me sentía por sus ínfimos éxitos. Traté de articular mi angustia lo mejor que pude: si mi éxito había llegado como por arte de magia gracias a un bot, ¿Yuli me lo podría arrebatar con la misma facilidad? La bruja me escuchó sin decir palabra. Cuando terminé de hablar, me agarró de las manos y me contestó: «Pero, *mija*, ¡Yuli eres tú!». Nunca entendí qué quiso decir con eso. Pero algo hizo que necesitara irme de ese lugar de inmediato. Le dejé cincuenta dólares encima del mantel y no regresé jamás.

Todavía recuerdo el día en que Yuli anunció que estaba embarazada por un Instagram direct. Mi furia fue explosiva. En esa época mi marido y yo estábamos intentando concebir sin éxito. Fue el peor jarro de agua fría que me podía haber tirado a la cara. Yuli me estaba diciendo: «Puedes tener todo el dinero del mundo, cariño, pero yo soy fértil y tú no». La tuve que borrar de todas mis redes. Es como si hubiera dejado de existir, ya no sabía nada de ella. Y así, sentí que la paz había vuelto. Yuli se había erosionado.

He soñado tanto con ella que a veces dudo de si la he llegado a ver en persona o no. Eso es lo que hacen las pantallas, supongo. Cuando oigo a gente diciendo que las redes sociales son el nuevo tabaco, no puedo evitar reírme. ¿Desde cuándo el tabaco ha permitido celebrar las Noches Viejas en los Cayos, trabajar las uñas de ganadoras de premios Grammy, tocar el cielo, como lo hice yo?

Yuli fue el precio de ese cielo. Pero un Cuatro de Julio conseguí inesperadamente cerrar por fin el capítulo. Me escribió por Linkedin, la única red en la que había olvidado eliminarla. Me explicaba que el parto se estaba complicando, y me indicaba el hospital en el que la habían ingresado. Su mensaje me dejó muy confundida. Hacía meses que no sabíamos nada la una de la otra: ¿por qué justo en ese momento tan difícil pensaba en mí y quería tenerme a su lado? Después de darle muchas vuelta, decidí no ir a verla al hospital. Al fin y al cabo, ni siquiera fui yo quien le puso ese primer like.

TRENES

En la profunda noche, en cualquier parte del mundo, hay madres amamantando a sus hijos en una habitación a oscuras. Nunca pensé en eso, ni siquiera en mi propia madre amamantándome a mí, hasta que me convertí en una de esas mujeres. Pasaba las noches en vigilia, sosteniendo a mi hija en brazos mientras la alimentaba con mi leche. Si bajaba los ojos, podía ver la silueta de su diminuto cuerpo gracias a la farola de la calle.

Aquel año fui testigo de la transición lenta pero segura de la luz pasando del verano al otoño, del horario de la farola ajeno a ese cambio, de las ventanas empañadas de mi habitación cuando por fin llegó el frío.

Sentía en el sonido de la lluvia una compañía nueva, el único capaz de superar al de los trenes pasando por la estación más cercana, a cuatrocientos metros de casa. Lo cierto es que nunca me había percatado de aquellos trenes. Gracias a ellos, ya no necesitaba reloj: el primero pasaba a las 4.50 y había uno cada hora. Desde mi cama me imaginaba algunos vagones vacíos y otros donde viajaban trabajadores adormecidos, con las cabezas recostadas contra la ventana, que despertaban por el traqueteo del tren. Si era fin de semana me imaginaba a adolescentes volviendo de alguna fiesta y cantando la canción del momento a pleno pulmón. Me sentía más unida a esas personas que a mi novio, que balbuceaba dormido en el otro lado de la cama.

La casa a la que llevé a mi hija del hospital envuelta en una muselina blanca pertenecía a mi tía Annie. Ese 4 de agosto yo tenía veinticinco años, una licenciatura en Bellas Artes y una carpeta de documentos importantes ideada con mi novio que solo contenía pegatinas con la cara de nuestra hija. Así de poco preparados estábamos para lo que se venía. La casa en la que me convertí en madre estaba muy lejos de la persona que yo era en ese momento.

Tía Annie murió viuda y sin hijos. Era veintidós años mayor que mi madre. Lo natural, cuando falleció, hubiera sido que todo se lo quedara mi madre. Pero por algún motivo que nunca supe, tía Annie nombró heredero a un monasterio y a mí me dejó su casa como legado.

Nunca me llevé especialmente bien con ella. Era una mujer demasiado soberbia para una niña pequeña con escasas habilidades sociales. Los miércoles por la tarde mis padres me dejaban con mi tía y cuando yo ganaba al Scrabble nos hacía darnos la mano a los que estuviéramos jugando y cantar «Aunque la mona se vista de seda, mona se queda». De adulta caí en la cuenta de que la canción no tiene nada que ver con una victoria. Tía Annie no era malévola, pero tampoco era una presencia de la que yo disfrutara. Desde pequeña siempre me decía que una mujer tiene que sufrir, sufrir, sufrir. Lo repetía tres veces cada vez. Se quejaba de mis «greñas», se reía de que mi novio fuera un pintor de brocha gorda y no uno como Casas, Pichot, o cualquiera de los artistas que habían retratado sus rasgos y que colgaban en los grandes salones de la casa.

Pero lo cierto es que fue ella quien me dio un sentido de pertenencia en mi propia familia. Mis hermanos y mis padres eran gordos, bajos y de nariz chata. Todos tenían una mancha de nacimiento en la espalda menos yo. En cambio, mi parecido con tía Annie era innegable. Ambas teníamos las muñecas y los tobillos delgados y la nariz de perfil griego. Era tradición en mi familia que los pequeños se midieran en una pared del gimnasio de la casa. Cuando yo dejé de crecer, mi marca y la de tía Annie se quedaron exactamente en la misma altura. Nuestro cuerpo se estiraba en vertical, como el ciprés que veía desde mi cama, que ella misma había plantado con sus manos y que sobresalía entre todos los otros árboles, incluso entre las chimeneas de las casas vecinas.

Recuerdo su elegancia. Ni de anciana abandonó sus cuellos altos cárdigan de Santa Eulalia, sus zapatos de medio talón, sus gabardinas Aquascutum que compraba en los viajes a Londres con su marido. Nunca la vi llorar, ni siquiera cuando enterramos a mi tío, que había muerto desangrado en el suelo de la casa. Contaba los detalles más escabrosos de cómo se lo encontró totalmente desprovista de emoción.

Cuando recibía invitados y elogiaban la casa, lo primero que mencionaba era la cercanía con la estación de tren. Le encantaba desplazarse así a la gran ciudad. A veces solo iba a buscar las peonías a mejor de precio a su florista de confianza y volvía en el tren de media tarde.

Me mudé a su casa en el último año de carrera, antes de quedarme embarazada. Por pura comodidad, empecé a tomar prestados los jerséis que todavía seguían en su armario. Me costó quitarles el olor a naftalina. Los días lluviosos usaba su gabardina de piel de serpiente para ir a la universidad. Jamás hubiera tenido una gabardina semejante, pero de repente para el resto del mundo vivía en una finca a las afueras de la ciudad y usaba piel de serpiente y paraguas Burberry's con el nombre de mi tía grabado en el mango. Quizá una de las razones por las que buscamos la riqueza es para que se nos recuerde más cuando hemos muerto.

Me sentía una visitante en su museo. Mi novio y yo no teníamos dinero para arreglos o mejoras, así que si algo se rompía, así se quedaba. De las ranuras de los sofás salían piezas que habían caído de las lámparas Chandelier que iluminaban toda la casa. En medio de la sala había un piano Steinway Steel con carcoma que iba acumulando marcas de las bebidas que la gente posaba en nuestras fiestas.

Cuando fue la muerte la que le llegó a tía Annie, fui a verla al hospital. Entré sola a la habitación donde se encontraba y me quedé mirándola bastante rato. Estaba entubada, durmiendo de un costado. Era un ciprés herido. Tuve dudas sobre despertarla o no, pero decidí hacerlo. Le dije: «Tía Annie», tocando su hombro con cuidado. Abrió los ojos y dio un grito de sorpresa y de genuina alegría. Justo después de ese ruido gutural volvió a dormirse, como si se hubiera apagado de nuevo. Ya no me atreví a despertarla otra vez. Me fui contenta, al día siguiente le daban el alta y volvería a su amada casa. A la mañana siguiente mi madre llamó para decirme que tía Annie había fallecido de madrugada.

No me mostró en vida el afecto que yo necesitaba, estuvimos muchos años separadas, pero gracias al sonido que emitió justo antes de morir pude estar en paz y vivir entre sus objetos sabiendo que me quería.

Pidió ser incinerada para caber al lado de la tumba de su difunto marido ya que en el monasterio donde estaba enterrado no había lugar para otra. No pudieron tener hijos. La infertilidad de ella era motivo de pena en mi familia. Cuando se hablaba de ello, veía la frente de mi madre frunciéndose y dejando pasar largos silencios. Elucubraban sobre sus caderas estrechas y su poco peso, los mismos rasgos que encontraba en mi propio cuerpo. Yo iba a terminar como ella, viuda y sin hijos. El fantasma de mi propia infertilidad empezó a pivotar de forma cada vez más sólida conforme me iba haciendo mayor.

Y sin embargo, una noche de exaltación con mi novio, después de haber recibido a amigos en casa, concebimos a nuestra primera hija. Viví un embarazo gozoso. Dicen que los niños vienen con un pan debajo del brazo, y así fue: mi novio encontró trabajo pintando las grandes mansiones que nos rodeaban. Las amas de casa quedaban prendadas de sus ideas, sobre todo a la hora de pintar el cuarto de los niños: techos de cielos con nubes, setas mágicas y otras fantasías. Esos ingresos nos permitieron arreglar la casa a nuestro gusto. Regalamos casi todos los muebles antiguos de mi tía, embalamos los cuadros pretenciosos y colocamos mis óleos en todas las paredes. Poco a poco tía Annie iba perdiendo presencia en su propio imperio.

Pero de pronto su recuerdo apareció, de forma más intensa y obsesiva que nunca, en las largas noches en las que amamantaba a mi hija en una habitación a oscuras. Sufrió de muchos cólicos durante los primeros meses de vida y las noches estaban llenas de llantos y de quejas. Mi novio empezaba a trabajar a las ocho de la mañana, así que solo en mí recaían las noches y los días.

Aunque mi hija durmiera unas pocas horas durante la noche, yo no podía. Cogía la cubertería de plata con las iniciales de tía Annie y me encontraba sacándole brillo mientras de fondo se iban oyendo los trenes.

Por el día no los oía pasar.

Otras noches me dedicaba a mirar unas fotos que había encontrado en un *secretaire* antiguo del ático. Mi tía Annie en Egipto vestida como la protagonista de una novela de Agatha Christie, también en sus viajes de peregrinaje a Jerusalén, sus inviernos en Zermatt, primaveras en Montecarlo.

Yo ya no podría hacer esos viajes, desde luego no con la misma ligereza. Algo había cambiado para siempre. Empecé a sentir una especie de recelo, de envidia hacia la vida de una persona muerta.

A veces parecía que los trenes se acercaban más a mi ventana mientras yo avanzaba en mis pensamientos. Si tía Annie había disfrutado de una casa tan impecable quizá era porque no había tenido hijos. Si tenía los tobillos delgados y el cuerpo esbelto, el mismo que tenía yo de adolescente y que perdí en el embarazo, quizá también era porque no había tenido hijos. Si nunca le faltó el dinero quizá era porque no hubo nadie bajo su tutela. Si tía Annie sentía una devoción imperturbable por su marido tal vez era porque no se habían visto enfrentados al reto que supone dejar de mirarse el uno al otro para pasar a mirar a una misma dirección, donde se encuentran los hijos. ¿Cómo había estado yo tan ciega? Su infertilidad, lo que mi familia tanto se esforzaba en satanizar, había sido la llave eterna de su libertad.

Conforme íbamos dejando el verano atrás y los colegios y las universidades se ponían en marcha, los trenes pasaban con mayor frecuencia. Me di cuenta de que si la casa de tía Annie había sido como su hijo, yo me encontraba en su útero estéril. Quizá dejarme la casa en herencia era un mensaje en clave que no había sabido descifrar.

De día funcionaba sonámbula. Vivía en una nebulosa que no me permitía centrarme en ninguna tarea que no fuera amamantar a mi hija, bañarla, mecerla, dormirla en mis brazos. De noche, mi miedo se había vuelto deseo. Anhelaba la vida de tía Annie. Bromear con mis futuros sobrinos, vivir ligera, viajando, tener siempre los tobillos delgados, hacer de mis plantas mis hijos, ser recordada por mis donaciones.

Una mañana me despertó la luz que se había filtrado por la ventana e iluminaba todo el cuarto. Tardé unos segundos en reaccionar. ¿Qué hora era? ¿Cuánto había dormido? Mi novio ya no estaba. Se me congeló la sangre y me incorporé de golpe. Me dirigí a la cuna a los pies de mi cama. Me encontré a mi hija boca abajo. Coloqué el espejo de mi polvorete en su nariz para comprobar si se empañaba. El pediatra nos había insistido en que dormir boca abajo estaba contraindicado por el riesgo del síndrome de muerte súbita del bebé. Los mismos ruidos que tanto me habían molestado cuando intentaba dormir fueron lo que más agradecí en toda mi vida. Solté el aire.

Desde ese día, su sueño se reguló por fin. Se dormía a las siete de la tarde y se despertaba con el nuevo sol. Mis días ya no conectaban unos con los otros, llegaban a su fin conforme el sol dejaba de brillar. Mis noches ya no eran para tía Annie. Ya no volví a oír los trenes pasar.

SACRAMENTO

Linus fue mi *e-friend*. Nos conocimos a través de una foto de Kim Kardashian. En la imagen, salía ella posando en el concierto de Ariana Grande, después del tiroteo. Su falta de respeto me pareció tan surrealista que sentí que tenía reaccionar. Le escribí: «Today is not about you». Creo que es la primera vez que ponía un comentario en la cuenta de una celebridad. No me gusta tirarlos al vacío.

Al instante, Linus me envió un mensaje privado por Instagram señalando que me había olvidado el «it's» en mi comentario, y seguidamente me envió este emoji: ✝. Ese emoticono no aportaba ninguna información y tampoco había manera de relacionarlo con el suceso, con mi supuesto error o con Kim Kardashian.

Le respondí y respondió. Nos acostumbramos muy rápidamente a chatear todos los días. Le enviaba fotos de mi desayuno, de manos de ancianos en el metro, le etiquetaba en memes. Él se desahogaba hablándome de sus amigos tóxicos, el poco flow que tenían los semáforos en rojo y la tristeza infinita que le provocaban las plantas pochas. Le decía que le echaba de menos; nunca nos habíamos visto. Tuvimos alguna discusión que se acababa arreglando con corazones; nunca nos habíamos visto. Nos convertimos en amigos de verdad. Pensaba más veces al día en él que en cualquier amigo de por aquel entonces. Soñaba con él. Acudía mil veces antes a su chat que a mi novio de ese entonces para contarle cualquier anécdota.

Nunca hablábamos de la posibilidad de vernos. Di por sentado que era porque él vivía en Madrid y yo en Barcelona. No le daba más vueltas. Supongo que esa relación virtual era un lugar muy confortable para mí. Ahora, con el tiempo, me doy cuenta de que nuestro chat solo era una extensión de todas las series de televisión a las que estaba enganchada, con excepción de que en ese caso yo podía interactuar un poco más con el personaje. La ficción y las pantallas eran mi terreno conocido.

Pero un día vi en sus stories que Linus estaba en Barcelona. Le escribí proponiéndole un plan, muerta de vergüenza. Me contestó que esta vez había venido por un tema *blitzkrieg* de trabajo y que no había estado ni dos horas fuera de la oficina. Me dio pena pero intenté olvidar el asunto. Esa noche salí con mis amigos al Apolo; pensé que me vendría bien distraerme.

Al cerrar la discoteca, nos paramos en el bar de al lado a tomar la última cerveza. Sentada en ese local, me fijé en un chico que salía del Sacramento, el puticlub de toda la vida. Se había encendido un cigarro y se había quedado en la puerta, suspirando, con expresión de alivio. Salí disparada del bar y crucé la calle sin mirar. «¿Linus?», me oí a mí misma decir en voz alta. En esa milésima de segundo en la que tuve que decidir si gritaba su nombre más alto para saludarle o me callaba para siempre, un vagabundo me hizo señas con la mano en dirección a mis pies. Estaba pisando una mierda gigante de perro. Linus ya se estaba yendo.

—¡Linus! —grité, nerviosa, con todo el peso de sus letras.

Linus me miró. Se le cayó el cigarro de las manos. Se fue, a paso rápido, mirando al suelo. Yo me quedé observando cómo se alejaba, preguntándome si al menos se giraría. Al fin y al cabo, era la primera vez que me veía en la vida real.

Esa noche me fui a dormir borracha y triste. No podía quitármelo de la cabeza. De todas las cosas que había anticipado o imaginado sobre él, nunca pensé que podían gustarle las prostitutas. A los dos días, decidí romper el hielo y escribirle. Ese lapsus se me había hecho eterno y sentía un vacío insoportable. Pero Linus no respondió. Comencé a leer los comentarios de sus seguidores en la última foto que había puesto en Instagram, tenía muchos más que de costumbre: «Nunca te conocí pero te extrañaré para siempre», «Mi único amigo anónimo en internet», «Gracias por tocar las estrellas». Linus había muerto. Nunca supe cómo. En ese momento, lo que más me entristeció fue descubrir que Linus tenía otros *e-friends*.

Yo solo tenía a Linus.

LOS CISNES DE MACY'S

Teo y yo nos casamos en Los Ángeles. La ceremonia fue en el jardín de nuestra nueva casa, rodeados de jacaranda y olor a jazmín. Estábamos enamorados de la idea de casarnos en Los Ángeles. Sentíamos que así sellábamos un pacto más definitivo con la ciudad a la que le pedíamos que acogiera nuestros sueños. Teo quería entrar en el *show business* y yo en la industria musical. Pero si nos casamos en Los Ángeles y no en otro lugar del mundo fue sobre todo porque confiábamos que muchos de nuestros amigos de Nueva York, la ciudad que estábamos dejando atrás, no asistirían a la boda.

Nueva York había sido la ciudad del delirio, de la desconexión, de los excesos y del derroche. Conocimos un nuevo tipo de oscuridad ahí. Mudarnos a Los Ángeles era huir hacia delante.

Solíamos quedar con Birdy y Jack, una pareja de Park Slope. Eran famosos por las fiestas que montaban en su apartamento. Nos conocimos en la espiral oscura. El tiempo que pasamos en la misma frecuencia los cuatro creábamos fuegos artificiales juntos. Pero cuando Teo y yo quisimos dejar la noche, Birdy y Jack hicieron todo lo posible para impedirlo. Se burlaban de nuestras nuevas aficiones, como jugar al Catan hasta la madrugada o usar Headspace para meditar. Intentaban enfrentarnos entre nosotros.

En Nueva York, Teo y yo no teníamos mucho dinero. Llevábamos dos años viviendo del anticipo que me había dado Warner Chappel para componer canciones que no estaba componiendo. Y aun así, en nuestro apartamento de Bushwick solo entraban materiales nobles. En la repartición de poderes que hace toda pareja, el mío era la decoración. Teo y yo teníamos gustos muy dispares, así que poco a poco fui ganando plenos poderes. Era la reina del narcomenudeo de la decoración. Tenía ojo, morro regateando y educación visual.

Por supuesto, me llevé todos los muebles a Los Ángeles. Invitamos a la boda a Birdy y Jack confiando que sus sueldos como directores de arte no lo permitirían. Pero confirmaron su asistencia en un segundo. Nada más terminamos de cortar la tarta, se acercaron a nosotros con su regalo de bodas. Eran dos lámparas azules de Macy's, dolorosas de mirar, con una forma que recordaba angustiosamente a un cisne.

¿Por qué nos habían regalado tal representación de mal gusto? ¿Qué clase de pasivo-agresividad había en ese regalo? Birdy podía acceder a descuentos de las marcas exclusivas gracias a su trabajo. Sabían perfectamente cuánta importancia le dábamos a la belleza de las cosas. Regalar luz para la boda era un acto precioso, pero el regalo venía con un mensaje: se sentían abandonados. Guardamos las lámparas en un armario y seguimos usando las Snoopy de Flos que le compré a un judío en Craiglist.

Los primeros meses de casados fueron intensos. Empezamos a usar con más frecuencia el verbo «gestionar». Discutíamos con mayor vehemencia porque pensábamos que todas las cosas eran definitivas. Las breves conversaciones con los repartidores de Amazon me permitían acostumbrarme a llamar a Teo «mi marido». Estábamos dejando la oscuridad atrás.

Birdy me llamó un sábado por la tarde mientras hacíamos lo mismo que todos los sábados en Los Ángeles: tacos de *take away*, horchata de arroz, y jugar al Rummikub. Me dijo que estaban en la ciudad y que querían hacernos una visita rápida antes de tomar la carretera hacia Malibú. Sentí cierta intranquilidad, pero le di la dirección, con un falso entusiasmo. Mientras poníamos la casa a punto antes de que llegaran, recordé las lámparas. Las saqué del armario y las coloqué en nuestras mesitas de noche. Hasta me dio tiempo de hacerles pequeños rasguños con las llaves para que parecieran usadas.

Les recibimos en nuestro jardín. Nos pusieron al día de las últimas fiestas de Nueva York y de los nuevos fichajes en el grupo. Hablamos de la luz de Los Ángeles y les dije cuánto echaba de menos la luz azul de los atardeceres en Nueva York. Seguimos con las analogías y diferencias entre las dos ciudades, hasta que Teo le dijo a Birdy que quería enseñarle el cuadro que le había encargado a su hermana. El arte de la hermana de Birdy era de las pocas cosas que nos gustaban tanto a Teo como a mí.

Jack y yo nos quedamos en el jardín y le mostré nuestras flores. Entonces Jack se hizo un pequeño corte con un rosal y fui a buscar una tirita al lavabo. Cuando pasé por el dormitorio, pensé que les vería enfrente del cuadro de la hermana de Birdy, pero no fue así. Sus voces venían desde nuestro cuarto. Me quedé quieta en el pasillo, delante de la puerta. No me hizo falta aguzar el oído para escuchar su conversación:

—Tuve muchas dudas sobre el color.

—Pero así te aseguraste de que cada noche antes de dormir tuviera que acordarme de ti.

PULPARINDO

No cambiaría nada. Si ahora me diesen a elegir entre volver a vivir el amor adolescente o la amistad adolescente, me quedaría con la segunda. El amor adolescente se siente varias veces en la vida. La amistad adolescente solo la viví una vez, y fue con Chikako.

Chikako llegó al colegio desde Osaka a los quince años. Nuestros apellidos iban seguidos por orden alfabético, así que coincidíamos en un montón de actividades. Eso, y alguna fuerza inexplicable y fatal, nos convirtió en mejores amigas para siempre desde el primer día.

Cada cumpleaños nos regalábamos *scrapbooks* con nuestras fotos y textos preciosos en los que nos decíamos lo que significábamos la una para la otra. Nos regalábamos Pulparindo siempre que podíamos, nuestra chuchería mexicana favorita. Cuando nos pillaron robando en Forever 21, Chikako me convenció para que dijéramos que solo había sido ella; era la hija del embajador de Japón y tenía inmunidad diplomática. Nos compramos un *longboard* cada una, los pintamos con spray rosa e íbamos por el puente de Biscayne Bay cantando Placebo a pleno pulmón. Lo cierto es que solo sabíamos ir en línea recta y la primera curva resultó en una cicatriz en la rodilla que me sigue acompañando hoy.

Mis padres tenían un restaurante español que alimentaba a los banqueros de Brickell Avenue. Era una casa *art déco* de dos pisos y una buhardilla. El restaurante ocupaba toda la planta baja, mis padres y mis hermanas pequeñas vivían en el primer piso, y yo en la buhardilla. Una tarde estaba en mi cama, sufriendo el primer y peor desamor de mi vida, y Chikako llamó a la puerta de mi habitación. Se había colado por el restaurante y había subido hasta mi cuarto, solo para animarme y sacarme de ese lugar. Ese acto lo recordaré toda la vida.

Otro día, en la playa de Key Biscayne, le conté que mis padres se divorciaban. Llorando, le dije que no quería vivir. Me gritó como nadie me había gritado nunca y me respondió que nada en la vida merecía pronunciar estas palabras. Mi fortaleza se construyó a partir de ese grito, cuando teníamos dieciséis años.

Chikako siempre pasaba *les grandes vacances* en Europa. Me informaba de la hora de su vuelo y yo miraba el cielo desde la terraza para decirle adiós con mis brazos alzados. Me llamaba desde Austria, desde Córcega, y hablábamos de los chicos que habíamos conocido. Yo en verano me quedaba en Miami, pero solía coleccionar más aventuras que ella. Perdí la virginidad antes que ella, probé muchas cosas antes que ella. Había más drama y más adrenalina en mis historias que en las suyas.

Y un buen día, el colegio terminó. Conseguí una beca para cursar Estudios Internacionales en la Universidad de Fordham en Nueva York. Chikako se matriculó en lo mismo que yo, sin beca. Así que nos mudamos juntas a Nueva York.

De repente teníamos dieciocho años y una ciudad infinita para nosotras. Y aunque nuestras diferencias siempre estuvieran latentes, supongo que cambiar de espacio es lo que las hizo evidentes. Los fines de semana ella quería ir a la 91 con Park Avenue a ver si se encendía la luz del salón del supuesto apartamento de Carolina Herrera, para ver el cuadro de Dalí. Yo quería ir al museo Noguchi en Astoria. Ella quería ir al mercado chino a encontrar la mejor imitación de bolsos Chanel y relojes Rolex. Yo, a Upstate New York a probar las setas por primera vez.

Fuimos creando recuerdos con otras personas. Y aun así, con quien fuera que estuviéramos hablando, nos seguíamos refiriendo a la otra como «mi mejor amiga». Éramos como un matrimonio separado, que no se atrevía a nombrar la posibilidad de tramitar los papeles del divorcio.

En nuestro primer Halloween en Nueva York nos disfrazamos de Paris Hilton y Nicole Richie en *The Simple Life*. Hablando con nuestras compañeras de clase sobre cómo habíamos confeccionado los disfraces, comenté que Chikako y yo teníamos el mismo cuerpo. Se rieron y respondieron que nuestros cuerpos eran literalmente lo opuesto: el suyo de manzana y el mío de pera. Y tenían razón.

Pasamos de estar enamoradas como adolescentes a no saber comunicarnos como adultas. Cada vez nos molestaba más lo que hacía la otra, y cada vez nos lo decíamos menos. Nuestra relación se estaba convirtiendo en una suma de rencillas no habladas, de celos no procesados, de decepciones silenciosas. ¿Cómo pasamos de gritarnos en la playa de Key Biscayne a no decirnos absolutamente nada que pudiese generar un conflicto?

Nos hablábamos de puntillas. Lo único que nos diferenciaba era que yo estaba más preparada que ella para enterrar la adolescencia. Chikako sufría cada paso que yo daba como una prueba más de nuestra separación. Nunca le gustaban mis novios, no me apoyó cuando quise ir a estudiar un semestre a Nueva Zelanda. Recuerdo su llanto profundo y sonoro en la ceremonia de mi boda.

Delante de amigos, sacaba mis fracasos con la misma elegancia y ligereza con la que combinaba sus manoletinas Kate Spade con su pañuelo Hermès. Yo hacía lo mismo que ella. Supongo que sentía celos de lo fácil que lo tenía todo. Su padre le consiguió un puesto en la ONU con tan solo una llamada. Yo solo conseguí unas prácticas no remuneradas, a pesar de tener una nota mucho más alta y mejores recomendaciones.

Coincidimos en la despedida de soltera de una de nuestro grupo del colegio. Empezaba en Las Vegas y terminaba en el Gran Cañón. Era el tipo de plan que me generaba una ansiedad tremenda. Y mi previsible cancelación era el tipo de cosas que sacaban de quicio a Chikako.

Me dije que pronto ya no iba a poder hacer ninguno de esos planes. El último día, nos fuimos todas de excursión en bici. Si algo todavía nos unía a Chikako y a mí era la aversión a los deportes. Así que nos quedamos rezagadas detrás del grupo, andando por el borde de un mirador con las bicicletas en la mano.

Cuando nos quedábamos a solas, Chikako y yo solíamos recordar anécdotas del pasado, era nuestro lugar seguro. Recordamos la borrachera en casa de sus padres en Daytona Beach, las Polaroid que nos hicimos con los tangas del Froggy's en la cabeza, y que íbamos regalando a desconocidos por la calle. Recordamos que una vez Chikako me vomitó en la cara por la risa que nos daban las llamadas telefónicas a nuestros amores platónicos.

Quizá fueron las hormonas, pero me conmovió recordar todo eso. Pensé en cuánto la quería, pensé que a fin de cuentas así es como deben de quererse las hermanas. Pensé en lo afortunadas que éramos de ser testigos de la vida de la otra. La vida se vuelve un poco menos escurridiza cuando tienes a alguien que da fe de ella. Pensé en todo esto antes de anunciarle, con el mismo nervio adolescente con el que seguíamos hablando entre nosotras, que estaba embarazada. La boca me sabía a metal. Chikako se paró en seco, muchas expresiones mutaron en su mirada. «¡No puedes hacerme esto!», gritó. Y tiró la bicicleta por el precipicio.

ESTÁ K SE KAE

Al principio una se hace las grandes preguntas. Qué hacemos aquí, de dónde venimos, adónde vamos. Conforme se van quemando las décadas se llega a preguntas más minúsculas, como por qué en el lavabo de la casa que me vio crecer nunca hubo un cesto en el que pudiera tirar las compresas.

Fui una niña de los noventa. Éramos siete hermanos, todos hombres, menos yo. Crecimos en Old Greenwich, en el estado de Connecticut, uno de los lugares más ricos de todo el estado y de todo el país. Vivíamos en una casa de catorce habitaciones. Es lo único que mi madre heredó de una enorme fortuna que se desplomó delante de sus ojos cuando era adolescente.

En nuestra casa las tuberías se congelaban todos los inviernos. Mis amigos imaginarios eran las caras que veía en las humedades de las paredes. En el salón no había sofás sino sillas Luis XV con agujeros en el respaldo y muelles salientes. Más de una vez encontré ratones que saltaban de mi cama cuando abría la puerta del cuarto. Mis pies siempre estaban fríos.

Vivíamos entre cajas de Costco que almacenaban cubiertos de plata. Todo el contenido estaba escrupulosamente escrito con rotuladores permanentes Sharpie en los costados. Ahí aprendí las palabras «alfileres» y «misceláneo». Todos los muebles eran heredados. Su tamaño no les dejaba pasar por la puerta, así que nunca habían salido de la casa. Armatostes victorianos con carcoma que mi padre comparaba con Picassos cuando algún hermano se atrevía a proponer su renovación. Los cuadros no estaban colgados sino que dormían envueltos en habitaciones vacías, mirando a la pared.

Mi hermano mayor escribía manifiestos con una retórica impecable que pegaba con celo en la pared del pasillo. Enumeraba los últimos despropósitos de la casa y terminaba siempre con la misma frase: «Pero todo vale la pena porque vivimos en una residencia en Old Greenwich». Mi madre se enfadaba y arrancaba el papel de un tirón.

El contacto con el exterior confundía todavía más las cosas en mi cabeza de niña. Nuestra casa era un edificio emblemático, catalogado por el Estado como una vivienda de valor patrimonial. Era habitual encontrarse a estudiantes de dibujo técnico o arquitectura trazando planos y dibujando nuestra casa. Siempre había algún cotilla fijándose en quién salía del jardín.

Mi padre trabajaba en la oficina postal del condado de Fairfield y mi madre cuidaba de nosotros y de la casa. Nunca supe si éramos ricos o pobres. Íbamos al Central Middle School, un colegio público para los que vivíamos en el condado. En las casas de mis amigos había sofás color burdeos de terciopelo, neveras de dos puertas, sótanos que custodiaban los productos italianos más selectos. Casas con jacuzzi, gimnasios, piscinas climatizadas durante todo el año, mesas de ping-pong, cines en casa, cestos en el lavabo.

Nunca hubo un cesto en el lavabo de mi casa. Ni siquiera cuando mi madre supo que ya menstruaba. Tampoco me atreví a pedírselo. Me temía que si tiraba las compresas en la basura de la cocina, algún hermano las vería y se reiría de mí hasta el fin de mis días. Así que empecé a almacenarlas en una mochila Teddy Bear, que escondí detrás de las tuberías.

Conforme iban pasando los meses, el olor era cada vez más evidente y mi madre no alcanzaba a descubrir de dónde provenía. En mi defensa, nunca me lo preguntó. Empezó a creer que había fantasmas en la casa y contrató a especialistas en limpiezas espirituales. Yo oía a todos esos impostores asegurar que el olor venía del sufrimiento de la tierra, que era por la mujer de O. J. Simpson, y me quedaba muda, pensando que nada de eso estaría pasando si mi madre hubiera puesto un maldito cesto en el lavabo.

El olor persistía y mi madre se obsesionó cada vez más con la idea de que la casa estaba encantada. Sentía que eran los espíritus de su antigua familia que volvían para hacer daño a la que ella había creado. Mi madre había visto a su familia destruirse por el exceso de vanidad y lujo. Drogas, cárcel, accidentes de coche, embargos, muertes. Nos quería proteger del mismo *fatum*.

Así que junto con mi padre, empezó a considerar la posibilidad de vender la casa. Era el único bien que tenían. Poco tiempo después, una familia de Carolina del Norte acudió a visitarnos para oficializar su oferta de compra. Desde una esquina de la sala, siempre en silencio, les observaba con un malestar incapaz de articular.

De pronto, en plena negociación, mi segundo hermano bajó las escaleras corriendo, mientras gritaba «¡Mamá!», y alzaba en el aire mi mochila Teddy Bear. Cuando mi hermano enseñó a mis padres lo que había dentro, todos se giraron y se quedaron mirándome en silencio. Jamás se habló de lo ocurrido. Rechazaron la oferta de compra. No pusieron ningún cesto en el lavabo.

Con doce años quise depilarme las piernas por primera vez. Para ello le robé una cuchilla de afeitar a uno de mis hermanos. En el primer intento me corté el dedo, no podía ocultarlo, iba dejando gotas de sangre por la casa. Para no decir que me había cortado depilándome, me inventé que me había mordido Buddy, nuestro perro, un border collie que tenía casi mi edad. Una mañana en la que yo estaba en el colegio sacrificaron a Buddy.

Cuando tenía quince años, invité a un chico por primera vez. Fingí que tenía fiebre poniendo el termómetro cerca de una bombilla para poder quedarme sola en vez de ir a misa con el resto de mi familia. Michael era mi primer novio, un judío expatriado, hijo de un banquero francés. Ese fue el día que conocí el sexo, y fue tan torpe e incómodo como está destinado a ser. Despedí a Michael en la puerta. Conforme salió de mi casa recibí un SMS: «Tu Kasa esta K se Kae». Seguidamente me envió otro que aclaraba que el mensaje no iba para mí. No supe nada más de él. Así que en mi mente se formó la creencia de que era mi casa la culpable de mi primer y peor desamor. Jamás volví a invitar a nadie.

Terminé la escuela secundaria y me mudé a Manhattan para estudiar cine en la NYU. Vivía con dos compañeras de universidad en un piso normal en Brooklyn: muebles de Ikea y Craiglist. Tenía un novio de Colorado que se llamaba Orlando. Pero aun llevando una vida normal, aun no viviendo en esa casa, la creencia de que algo en mí no era normal nunca me abandonó.

Un domingo de enero le propuse a Orlando ir a pasar el día a Old Greenwich. Desde el Metro-North Railroad se veían las vías paralelas de tren nevadas. Hacía un frío inusual, pero yo estaba enamorada y solo pensaba en la suerte que tenía de que alguien en este vasto mundo quisiera pasar el domingo conmigo en el lugar donde crecí. Pasearíamos por la playa de Greenwich, tomaríamos helado del Gelato&Gicciolato a pesar del frío, y quizá también le señalaría la casa de mis padres, pero nos quedaríamos fuera. Me había inventado de antemano que mis padres estaban pasando una gripe muy fuerte, y le aseguré a Orlando que ya entraríamos a la casa en otra ocasión.

La mañana transcurrió perfecta. En la playa de Greenwich tiramos piedras al mar. Paseando con nuestros helados en la mano, me fijé en adolescentes con sus Porsche Boxster recogiendo a las novias en la entrada de sus casas, y sentí de forma definitiva que yo nunca había pertenecido a ese lugar. Me gustó pensar que en Nueva York nadie era lo suficientemente raro.

Cuando nos cansamos de pasear, fuimos al cine de siempre a ver *Gran Torino*. Al salir ya era de noche. De camino a la estación, me resbalé y ahí es cuando nos dimos cuenta de que la calle se había congelado. Estaba empezando una tormenta de hielo. Llegamos a la estación y nos la encontramos cerrada; todos los trenes de vuelta a la ciudad estaban cancelados.

No quedaba otra opción: teníamos que pasar la noche en Old Greenwich, esperar a que parase la tormenta y coger el primer tren de vuelta. Nuestras mensualidades de estudiantes de cine no nos permitían dormir en un hotel. Orlando insistió en que pasáramos la noche en casa de mis padres. Yo le había contado lo de las catorce habitaciones, así que no vio ningún problema en dormir en otro cuarto, y no acercarnos a mis padres por lo de la gripe.

No tenía escapatoria. Ninguna excusa era lo suficientemente buena para negarme a hacer lo más razonable. Sentí el hielo por dentro: Orlando iba a ver mi casa, y el día siguiente me enviaría un iMessage diciéndome que lo nuestro se había acabado porque necesitaba centrarse en su carrera como futuro director de cine.

Escribí a mi padre contándole la situación y pidiéndole que no se acercara ya que teníamos fiebre. Llamamos al timbre y nos abrió mi padre con su batín a cuadros de siempre. Nos saludó, alejándose, y entrando de nuevo en el dormitorio. Orlando y yo subimos las escaleras. Las cajas de Costco seguían apiladas en cada escalón. El mismo frío, las mismas humedades. Cruzamos el pasillo. Veía los ojos de Orlando absorbiéndolo todo, en silencio. Abrí la puerta bruscamente para que si había un ratón le diera tiempo de saltar de mi cama y esconderse. Se quedó analizando cada detalle de mi cuarto. Para evitar mirarlo me asomé a la ventana y posé la vista en los árboles congelados del jardín. De pronto Orlando, sin apartar los ojos de las paredes, con una suavidad y un murmullo que casi parecía que hablaba con él mismo, susurró: «Esto es increíble. Es la casa de los Tenenbaums».

Tan solo una frase bastó para llevarse una infancia de malestar y confusión. Los domingos, Orlando y yo comemos con mis padres en la casa de Old Greenwich, y al entrar murmuramos al mismo tiempo: «Está K Se Kae».

SCIENCE

Science se orienta en Ciudad de México. Conoce la Condesa, la Roma, el silbido del vendedor de camotes, todo lo que yo solo conozco por libros y por P. Antes de volverse ciega, Science pudo ver los destellos de belleza que México desprende. Ahora que su enfermedad le ha robado la vista, supongo que se orientaría por el olor a pis y a cilantro que embadurna las aceras de la ciudad. Pero, tras seis años con la antigua pareja de P., Science ha dejado México para volver a vivir con él.

Siempre he pensado que P. es como es por haber crecido en el DF. Me habla siempre de los parques, de los mercados de flores, de la época dorada de México, de Veracruz, de volcanes con nombres impronunciables, del agua de limón en casa todas las tardes después del colegio. Intuyo de dónde viene su absoluta ligereza a la hora de exigir belleza a las cosas y a los momentos, y de no conformarse con nada menos. Su mirada se forjó en medio de una superabundancia de colores, en una tierra viva y peligrosa. La mía se forjó en el Viejo Continente, parques de tierra sin vegetación, cemento y semáforos.

Me gusta ver fotos de P. antes de habernos conocido. Es una forma de aceptar que no existe una vida completa, solo fragmentos. He visto imágenes preciosas de él en las cataratas del Niágara, en Oaxaca, en Hierve el Agua, en Greenwich Connecticut, una foto tomada desde arriba en la que sostiene la pala con la que acaba de escribir el nombre de la madre de Science en la nieve con letras de dos metros. Y no siento ningún miedo, ni celos, ni nada parecido. Me gusta ver la belleza que él ha conocido antes de habernos encontrado.

Science siempre está en esas fotos, ya sea en primer plano o de fondo. Tenía tantas ganas de conocerla… Escribí un relato sobre ella antes de haberla visto, en el que terminaba diciendo que iba a verla morir. ¿Por qué escribí eso? Ese relato data de una fecha en la que yo todavía no sabía que su salud era tan débil, que la enfermedad se le habría comido un ojo y que en el otro tendría una catarata, ni mucho menos sabía que al final volvería a vivir con P. y, por lo tanto, conmigo. Ahora me doy cuenta de que quería a Science antes de haberla visto.

Antes de mi primera cita con P., yo ya había visto a Science en Facebook. P. no me hablaba mucho de ella, quizá porque le daba pena recordarla. Me contó que Science le mordió el culo a Ben Brooks. Se ve que fue de las primeras en tener un perfil de Facebook. Una vez se olvidaron de que la habían castigado en el lavabo, y la buscaron por todo el DF hasta que se acordaron de que estaba ahí. Como venganza cuando habían salido de fiesta y llegaban a casa de madrugada, Science se hacía caca justo detrás de la puerta, para que cuando abrieran se esparciera su obra. Science ha sobrevivido a varios sismos, a dos enfermedades muy graves, ha vivido en tres continentes. Convencieron al veterinario de que se saltara la ley y no la sacrificara cuando le diagnosticaron la enfermedad. Ahora me doy cuenta de que a través de las historias que me contaba P., yo la convertí en una leyenda.

Science mira como miran los ciegos. Cuando ella y P. se reencontraron en la estación de tren después de seis años, Science le reconoció al instante a pesar de no ver nada, y lloró de la emoción durante un buen rato. P. me envía links de YouTube sobre perros ciegos. La veo caminar con prudencia, pero aun así choca con las paredes y el piano. Los otros dos perros que tenemos en casa se apartan de ella cuando se acerca. Se va tropezando y le sangra el hocico con facilidad. Se adivina en sus formas que fue muy guapa. P. va recordando cosas de ella. Ayer mismo, cuando estuvo a punto de tirarse al estanque porque había oído agua, P. recordó de repente que le encantaban las piscinas, como a él. Finalmente no se tiró, pero fue de los pocos momentos en que la vimos un poco más viva. No se espera de un perro que te haga sentir pena.

Aunque esté durmiendo a mi lado, no habré llegado a conocer a Science, de la misma forma en la que las fotos de P. no me van a permitir conocer nunca realmente su primera juventud. La llegada de Science me hace pensar en la vejez, y en cómo demuele la esencia de las cosas. Ha llegado tres semanas antes de la boda. Como si su aparición fuera un recordatorio de que casarse implica también casarse con el pasado del otro.

Pero a mí me gustaría no ver a Science como un símbolo y verla solo como lo que es: una perra sevillana enferma y vieja que ha conocido la destrucción de familias unidas, que ha presenciado amor y odio. La sacudo cuando está teniendo pesadillas, la animo a bajar las escaleras, le canto canciones para indicarle el camino. Creo que le caigo bien.

Los vídeos de YouTube explican que a los perros ciegos no hay que tratarles con pena porque ellos lo sienten y se deprimen. Así que ahora la llamamos Curry porque las vitaminas que le damos la hacen oler a comida india. Y entonces le colocamos la lámpara encima y la interrogamos para sonsacar si en México trabajó ilegalmente en algún restaurante indio. P. dice que le sigue oliendo la boca igual de mal. Yo voy a tener que aprender a pincharla. Cuando llegue su hora, la enterraremos en nuestro nuevo jardín.

CAJAS

En este nuevo sitio donde vivo, ya no puedo burlar los semáforos; ya no puedo cruzar en rojo estando segura de que no va a pasar ningún coche como solía hacer en los cruces de mi barrio. Me han preguntado por una dirección y no he sabido responder. Todavía no sé en qué aceras pega el sol. Greta ladra por ruidos que no reconoce. Delante de mí, solo veo cajas apiladas rozando el techo. Ahora mi pasado tiene forma de cubo de cartón. No sé cómo será el invierno aquí. Los rostros de los adolescentes que se besan en el banco público enfrente de mi puerta cambian cada día. La única constante en este nuevo lugar son los tres perros salchicha arlequines que hacen sus necesidades justo al lado de esos bancos.

Si alguien viese los archivos compartidos de Whatsapp entre P. y yo estas últimas semanas solo vería fotos de la casa, bocetos de muebles, fotos de facturas, agujeros en la pared, lámparas sin montar, paletas de colores. Mis notas del móvil más recientes ya no son poemas en construcción, sino palabras inconexas del léxico de la casa que solo entiendo yo. Hago FaceTime con P. desde Londres y a la media hora de hablar de asuntos relacionados con la mudanza, le pregunto si estamos perdiendo el romanticismo y él me responde que no, que a eso se le llama ser adulto.

47

Sé que nadie se dará cuenta de que he dejado el barrio; ni la señora de los gatos, ni el perro enorme de los Güell, ni el conserje del consulado de México, al que siempre pillo bailando en el callejón escuchando música con sus auriculares. Somos una parte minúscula del decorado. Solo estamos de paso: al instante en que lo dejamos, llega un sustituto. Y aunque ahora volviera para recoger el correo, podría quedarme contemplando mi piso desde la plaza, pero ese lugar ya no sería mi casa, y esa plaza ya no sería mi plaza. Y sé que tampoco yo lo sentiría de esa forma: he olvidado con una rapidez que casi me asusta las campanas sonando cada cuarto, la pregunta de la báscula en la puerta de la farmacia, el olor de frutas frescas del local que acababa de abrir y que no pude aprovechar. Durante la última tanda de cajas que me quedaba por bajar, vi pasar por mi portal a una chica rubia con la coleta baja, gabardina beige y un pañuelo rojo Hermès atado al cuello. Nos quedamos mirando, pero yo no pude sostenerle la mirada por lo mucho que llegábamos a parecernos. No sé si vivía por ahí, porque esa fue la primera vez que me fijé en ella. Al instante en que dejamos los lugares, llega un sustituto.

Es difícil intentar compartir con P. o con Greta lo que significa para mí dejar este piso. Me convertí en escritora en este piso, en madre de una perra, me convertí en novia y prometida. Di brincos en la silla y corrí a abrazar a P. después de leer algún correo con una noticia de trabajo emocionante. Mudarme aquí fue el preludio de las mejores cosas que me han pasado en la vida. Tengo la imagen exacta de los momentos en los que he escrito ideas que siguen resonando en mí, puedo colocar mi cuerpo y mi portátil en un metro cuadrado concreto. Por supuesto que da miedo desprenderme de este espacio: me obliga a volver a colocarlo todo en el no-lugar. Mudarme de casa me recuerda que no hay lugar para lo intangible.

Las mudanzas son una cápsula minúscula de nuestra existencia, como un tráiler de una película que te avanza el desenlace:
nos apegamos a lo que nos rodea, lo amamos lo mejor que
podemos, tenemos que dejarlo ir, nos adaptamos al cambio resig-
nados, y así hasta el final.

NÚMERO CUATRO

Hay algo entre mis vecinos y yo que coincide segurísimo: la llave del portal.

Quiero decir que si algún día alguien me pide describir los elementos del bolso o del bolsillo de alguno de ellos, acertaría en lo de la llave. Desde que pienso así ya no puedo verlos como seres tan separados de mí, aunque nos les conozca prácticamente nada: llevamos un mismo objeto intercambiable, siempre pegado a nuestros cuerpos cuando no estamos en el lugar que precisamente nos conecta.

DOULA

Nos cruzamos en el vestíbulo de mármol. No fuimos nosotras las que nos fijamos la una en la otra, sino nuestras perras. La suya era una golden retriever de pelo dorado y Margot un teckel mini, con el mismo pelaje rubio. «Parecen madre e hija», me dijo, observando cómo se olían el trasero para identificar el sexo, la edad y el estado inmunológico respectivos. Yo aproveché que no me miraba para olerle el trasero a ella: el pelo gris plata le llegaba hasta los codos. Vestía de lino blanco de arriba a abajo y sandalias Oran de Hermès. Iba de cara lavada. Tenía la piel curtida, pero había armonía en sus arrugas.

Le pregunté si iba a visitar a alguien del edificio, y me dijo que se acababa de mudar aquí. Resulta que se había instalado en el piso justo enfrente del mío. Me sorprendió, porque no había visto subir muebles por la ventana, ni había oído nada.

Ella clavó sus ojos azules grisáceos en mi barriga y exclamó: «¡Ohhh!», mientras sonreía. Yo estaba embarazada de cuatro meses, un momento de gestación que pasaba desapercibido incluso para mi editora, con la que me veía semanalmente. Asentí sonriendo, coloqué las dos manos en la barriga, y le respondí: «A ver si cabremos en este piso tan chiquito». Casi como si tuviera la respuesta preparada, me respondió: «No te preocupes, la llegada de una hija hace espacio en cualquier sitio». Y se dirigió al ascensor, al paso de su perrita vieja. Me sorprendió que especificara el género de mi bebé, ya que en ese momento ni siquiera yo sabía su sexo. Pero el embarazo, incluso el ajeno, es carne para todas las proyecciones de los demás, así que no le di más importancia.

Pasar tiempo con Lidia se dio de forma orgánica. Mi marido estaba rodando una película en México por tres meses, así que me hallaba habitualmente sola por el barrio paseando con Margot. Nos encontrábamos en la plaza o en el parque, y siempre eran nuestras perras las que se olían en la distancia, mucho antes de que nosotras nos viésemos. Una tarde cualquiera, sentadas en los bancos del parque, se acercó una señora con un galgo afgano que piropeó la belleza de la perra de Lidia. Ella le contestó: «Es bien linda, sí, pero pronto se la llevará la luz». Y siguió hablando de otras cosas.

La semana siguiente su perra murió y mi doctora me informó de que yo estaba esperando una niña.

Durante las tardes que pasábamos en mi terraza tomando té, Lidia me hablaba de su vida. Era ese tipo de persona con muchas vidas en una. Su concepción del tiempo no era lineal, sino que se movía en bloques de alegría, de dolor, de belleza.

Estaba jubilada. Tenía cuatro hijos con cuatro hombres distintos desperdigados en distintos continentes. Su primer marido había muerto durante el primer año de casados. A los cuarenta y cinco años ella había hecho un ritual para cerrar sus caderas y dejar ir «todas las vidas y todas las muertes» que había llevado. Había abortado voluntariamente varias veces, había perdido más de un embarazo, había dado a luz a cuatro personas. Ahora su única hija estaba embarazada, uno de sus tres hijos tenía una enfermedad autoinmune degenerativa, y era el padre y no ella quien cuidaba de él. El tercer hijo no le hablaba por el motivo anterior. El cuarto falleció de pequeño, y no me costó intuir que era a él a quien hablaba cuando pedía ayuda para encontrar aparcamiento o cuando no se le dormían los bebés que a veces cuidaba. Me contó que vivió dos años en el Amazonas buscando remedios naturales para la enfermedad de su hijo, sin éxito.

Lidia me enseñó a sanar orquídeas moribundas, me habló del poder del hipnoparto, me explicó técnicas para comunicarme con el feto. Me acompañaba a las ecografías mensuales y hacía preguntas a los doctores que yo no sabía formular. Yo estaba escribiendo el que sería mi tercer libro, pero el embarazo había drenado mi ingenio, así que prefería hacer cualquier otra cosa antes que escribir. Por primera vez en mi vida, solo me apetecía vivir en el plano físico.

Me encantaba pasar tiempo con Lidia. Pero le habían ocurrido todas las cosas que yo más temía en ese momento. Los Face-Time con mi marido estaban cargados de preguntas, de anticipaciones ansiosas. Quería que me asegurara que lo que estábamos construyendo tendría un mejor desenlace. Cuando colgábamos, yo sacaba mi armadura pensamiento mágico mientras miraba por la terraza: «Si el coche blanco que está circulando frena para dejar pasar al peatón, mi hija saldrá sana».

Yo había escrito unos votos en los que había prometido amar a una sola persona por el resto de mis días, seguía mi rutina de cuidado de la piel con una disciplina férrea, tomaba vitaminas prenatales, hacía yoga y pilates para el embarazo, me medía el azúcar semanalmente para evitar la diabetes gestacional, había ido a Alsacia con mi marido a buscar a Margot. Margot nunca iba a morir. No comprendía otro desenlace para ella. No comprendía otro desenlace para ninguna de las demás promesas.

Una mañana, salía del ascensor cargada de bolsas. Lidia solía dejar la puerta abierta y Margot entró. Tiré las bolsas al suelo y entré para buscarla. La casa olía a caldo de verduras y a lirios. De pronto oí la voz de Lidia que salía de su dormitorio.

«Sí, está ya de siete meses. Me da nostalgia pasar tiempo con ella. ¿Te acuerdas de cuando creíamos que los hijos eran para nosotros? —Lidia reía—. ¡Sí! ¿Y que formaban parte de nuestro plan perfecto? Eso es, ¡cuando creíamos que había "un plan"! —Lidia reía, cada vez más excitada—. Ni que lo digas, nadie podría pagarme lo suficiente para volver a tener treinta años».

Cogí a Margot en brazos y salí de la casa de puntillas.

Lidia se fue del piso un mes antes de que mi hija naciese. Me dejó una nota debajo de la puerta —¿quién deja notas en vez de mandar un mensaje?—. Me contaba que el embarazo de su hija se estaba complicando. Se iba a Winnipeg, Canadá, en el primer avión, y se instalaría ahí por tiempo indefinido. «No se puede temer lo que ya te ha sucedido, querida», terminaba la nota.

Pienso en Lidia a menudo. En la forma certera y honda en la que se filtró en mi vida. En su absoluta ausencia de miedo. Aunque confieso que a veces me pregunto si existió realmente.

EMILY

Nunca deberíamos interrumpir a nadie cuando está a punto de hablar de sus sentimientos. En ese bar al lado del campus de Pekín, Kellen interrumpió a Emily cuando iba a contarnos por qué era tan infeliz y por qué no hacía más que beber, en vez de pasárselo bien en China. Justo al empezar la frase, Kellen le dijo a Emily que no hacía falta que lo contara, así que no lo contó. Y siete años más tarde yo me sigo preguntando qué le debía de pasar a Emily, la chica de North Carolina con el pelo más bonito del mundo que no paraba de beber.

PETA ZETAS

—Para empezar, P. es el padre de tus hijos.

Martín y yo estábamos tumbados en el césped del Primavera Sound de madrugada cuando me dijo esa frase. Aquella noche hablamos del aborto y de la muerte de David Delfín con una lucidez inexplicable. Pero no sé qué le respondí, porque la siguiente imagen que me viene a la cabeza es P. apareciendo de repente. Se tumbó en medio de nosotros dos y dijo: «Me quedaría así toda la vida». También recuerdo que esa noche soñé con laberintos y serpientes.

Martín tiene una forma de decir las cosas que a veces parece que venga del futuro. Cuando sentenció que P. era el padre de mis hijos, yo solo llevaba un año con él. Martín fue de los primeros en decirme que yo era escritora, antes de haber publicado nada, justo cuando a todos los demás les parecía otro delirio mío.

En la comida familiar de hoy, me quedo embobada recordando ese momento. Sé que mi hermano y mis padres ya saben que hoy no es un buen día, solo por la forma en la que debo de haber movido los ojos o fruncido el ceño. Me molesta ser tan transparente. Mi hermano le pregunta a mi madre qué me pasa con tan solo dos gesticulaciones, y ella le susurra, creyendo que no la oigo: «Ha mirado internet». Lo peor es que mi hermano asiente con la cabeza, mientras redirige su mirada al pollo de granja de corral que descuartiza con los cubiertos; no necesita ninguna explicación adicional para entenderlo todo.

¿Qué hacían los hipocondriacos antes de internet? ¿Eran menos hipocondriacos que los hipocondriacos con internet? ¿En qué sustentaban su temor a las enfermedades? Yo alimento mis miedos en la red, no sé de qué otro lugar podrían provenir. Cada año por estas fechas me diagnostico una nueva enfermedad. Hace dos años fueron mis ovarios, el año pasado cáncer de huesos. Este año la enferma no soy yo, sino P., mi prometido. Sé que le quiero de verdad cuando googleo todos sus síntomas como llevo haciendo con los míos desde siempre. Nunca antes había consultado tantos foros y webs con esta devoción por alguien que no fuera yo.

P. lleva cuatro meses con vértigo. Han tenido que hacerle mil pruebas para saber de dónde le viene. Pero tengo que ser honesta y decir que durante todo este proceso, le he otorgado más veracidad a la frase que me dijo Martín en el Primavera Sound que a cualquier resonancia magnética: si Martín me dijo que P. es el padre de mis hijos, y todavía no tenemos hijos, P. no puede morir aún. Eso lo pienso en momentos de lucidez, los momentos más oscuros los paso llorando sentada en la taza del váter para que P. no me oiga.

Pregúntame cualquier cosa sobre el vértigo. Cualquier síntoma del vértigo central y del periférico. Cuando sufro por algo relacionado con la salud, saco mi armadura y me vuelvo la persona más aplicada del universo para comprender, extraer y analizar todo sobre la enfermedad. Hay una forma muy fácil para mí de reconocer el nivel de intensidad en el que se encuentra mi trastorno: contar el número de entradas de Google ya visitadas marcadas en color violeta, y ver hasta qué página del buscador ha llegado mi investigación.

Internet define la hipocondría como una enfermedad. El hecho de que me haya quedado preocupada por la posibilidad de padecerla es en sí mismo una respuesta bastante definitiva. También define al paciente hipocondriaco como «La persona que magnifica los síntomas de ansiedad, y anticipa una realidad que no va a ocurrir». Me molesta y a la vez admiro a la persona que ha podido escribir una frase tan sentenciosa sobre cualquier cosa que «no va a ocurrir». Llevo creyéndome desde pequeña que todo puede ocurrir. Nunca nadie me frenó cuando pensaba que podía adivinar el número exacto de personas que estaban pronunciando la misma palabra en el momento preciso en el que chasqueaba los dedos. Tampoco cuando negaba la existencia de realidades que no estaba viendo. «El paciente hipocondriaco tiene una preocupación excesiva por su cuerpo». Eso es verdad; por eso no soy feliz en verano, porque el cuerpo está tan expuesto que la inspección se vuelve inevitable.

Sostener mi tranquilidad en la frase de Martín debe de formar parte del pensamiento mágico que me ha diagnosticado el doctor Wollmann. «Para la psiquiatría, este tipo de pensamiento, que por definición se opone al pensamiento lógico, es más frecuente entre los niños, y en las personas pertenecientes a sociedades primitivas contemporáneas que se guían por la costumbre ralentizando el desarrollo sociocultural. El pensamiento mágico también suele estar presente en las personas con trastornos de tipo obsesivo-compulsivo». Entonces, según esta definición, cada vez que para ir al médico P. y yo nos hemos puesto nuestras camisetas sin lavar de Tom Sachs en las que pone «It won't fail because of me» (y que ahora será la inscripción en el interior de nuestras futuras alianzas) estamos ralentizando el desarrollo sociocultural.

«Estas personas realizan una serie de rituales estereotipados para librarse de algunas ideas extrañas que les asaltan de forma repetitiva e insistente, a pesar de que ellas mismas las consideran con poco fundamento o completamente absurdas: ideas obsesivas». El ensayo que cito habla de rituales estereotipados, pero me encantaría saber si alguien más en el universo ha pensado en peta zetas en la cabeza de su prometido cuando le asalta la duda de si tiene un tumor cerebral: P. tiene un tumor en la cabeza. P. tiene un pingüino en la cabeza. P. tiene el emoji del lazo rosa en la cabeza. P. tiene cookies de internet en la cabeza. P. tiene mi vestido de comunión en la cabeza. P. tiene peta zetas en la cabeza. P. tiene mi palma de Pascua de 1995 con un sacapuntas colgando en la cabeza. Es agotador, pero funciona: he deshilachado mi temor a un tumor cerebral imaginando analogías absurdas. Mato esa posibilidad colocándola en una misma masa imposible. Y al final P. no tenía ningún tumor en la cabeza.

Dice mi psicólogo que magnificar las situaciones es algo típico de los niños, y que mi sufrimiento de ahora debe de estar relacionado con el hecho de que creciera pensando que mi madre se iba a morir, por haber padecido durante años –precisamente– de vértigo Ménière. Al guionista de enfermedades le escasearon las ideas: haberle diagnosticado el mismo síntoma a mi madre que a mi novio no es prueba de gran ingenio. Así que todo este tiempo en el que he imaginado la muerte de P., era mi niña interior dándome patadas. Mi niña interior es una cría con el flequillo mal cortado que le suplica a su madre que no se muera mientras decide que puede literalmente poner en pausa el mundo entero chasqueando los dedos hasta que lleguen sus muebles nuevos de Habitat.

Tengo una relación disfuncional con la realidad: me cuesta tomármela en serio, o me la tomo demasiado en serio. Cuando mi ansiedad llega a picos significativos, la calle es un campo de predicciones. Si la niña del uniforme de colegio de monjas consigue llegar al autobús, soy fértil. Si la camarera del Fornet se acuerda por fin del precio del bocadillo que le pido cada día, tengo que aceptar la oferta de esa editorial espantosa. Si mi padre se pide un digestivo cuando terminemos de comer, y resulta que por una vez sí tienen Fernet Branca, P. morirá antes que yo. Aunque ya tengo una idea bastante definida sobre ello. En cualquier momento hay alguien por ahí observando nuestros actos y decidiendo que la acción que escojamos determinará su futuro.

Cosas que se ven en el mundo desde el cielo a un metro de distancia: flores, niños, perros. Cosas que se ven en el mundo a dos metros hacia arriba: árboles, nubes, cielos. La mayoría de enfermedades se encuentran en ese intermedio. Me gusta pensar así porque necesito localizar las cosas en el espacio. Como cuando estuve en Nueva York y no vi ni una sola rata, aun sabiendo que la ciudad está infestada de ellas. Prefiero *ver la rata*, por eso clavo mi mirada en las vías hasta la llegada del tren.

No puedo evitar pensar que los actos demuelen la vida. Que cuando me case en un castillo en el sur de Francia este verano también estaré dando todos los pasos para acercarme a la muerte. Habré encontrado una nueva piedrecita que me guía por el camino, cuyo final siempre es la muerte.

David Lynch le preguntó una vez a su psicólogo si trabajar un tema que le preocupaba afectaría en algo a su creatividad. Cuando este respondió que podía ser así, Lynch le dio la mano y se fue. Yo hoy le he preguntado lo mismo al mío, pero en vez de darle la mano le he dado setenta euros. Siempre le tengo que recordar cuánto me cobra por sesión.

El miedo a desprenderme dc esas obsesiones es real, porque no solo estaría alterando mi creatividad, sino que estaría distanciándome del paraíso perdido de la infancia. Mi padre sosteniendo la palangana a mi madre antes de vomitar y toda la casa de campo con olor a bacalao, yo preguntándole a mi madre si cuando ella muriera podría heredar su pelo y sus dientes. Esos recuerdos son todo lo que tengo. El problema con las neurosis, o lo que es lo mismo, las heridas, es que no sabes cómo serías sin ellas.

Hace unos meses, a P. también le diagnosticaron glaucoma. El otro día mientras revisaba los documentos que necesitamos para la solicitud de matrimonio, leí en el informe del médico el nombre Pedro César Esteve Pérez, de sesenta y ocho años. Lo busco en Facebook, pero no le encuentro. Resulta que le dieron un informe equivocado. Me viene a la cabeza la chaqueta que le regalé hace nada de Undercover en Opening Ceremony que ponía HUMAN ERROR. Me quedé pensando en lo curioso que era que el dependiente me rebajara el precio porque sí, no me paré a pensar en el sentido de la frase de la chaqueta que yo misma le estaba regalando. Finalmente es Pedro César Esteve Pérez quien tiene un inicio de glaucoma en el ojo izquierdo y no P. No me puedo tomar la realidad en serio.

Pienso en que todo este tiempo he tenido el mismo miedo a que P. me vea el vestido de novia como a que no lo pueda ver el día de la boda por haber perdido la vista de repente. Siempre me dices que te mate si algún día te quedas ciego. Lo siento, P.: la idea de que yo estoy destinada a ser tu mujer para matarte, tipo *Mar adentro*, ha pasado por mi cabeza.

Veo las enfermedades como la prueba más delirante de creatividad. Me imagino reuniones de improvisación en las que se reúnen varios seres en una sala acristalada con tazas de Starbucks y pies en la mesa, manos cruzadas en la nuca, para empezar una sesión de lluvia de ideas y quedarse con las más potentes: enfermedades autoinmunes degenerativas que pueden atacar cualquier zona del cuerpo, enfermedades que pueden impedir la visión de un día para el otro, enfermedades que se transmiten sexualmente, sin que el portador padezca la enfermedad. Pensándolo bien, no me aterran las enfermedades por ser el canal que a veces lleva a la muerte. Me aterran porque son el absoluto opuesto a la creación, a las flores y a los ríos. Me aterran porque una enfermedad destruye, inhabilita, es pulsión de muerte, y eso es mucho más aterrador y mucho más poderoso que la propia muerte. Para mí la pregunta es cómo puede no aterrarte.

Cuanto más quiero a alguien más pienso en su muerte. Es mi unidad de medida. Viví con miedo a que mi editor se muriese antes de que publicara mi primer libro. A veces me acerco demasiado al hocico de Greta mientras duerme solo para comprobar que sigue respirando. Tengo una planta preferida que ha estado a punto de dejarme muchas veces y a la que siempre le susurro que, por favor, no se muera. Dedico tiempo a pensar quién del edificio atendería el funeral de Pedro, el portero. Y ahora eres tú, P. Te has metido tanto en mí que ahora estás en mis deseos. Cada vez que coinciden los minutos con las horas estos últimos meses, el deseo ha sido el mismo. Pero te prometo que en ningún momento pedí que fuera Pedro César Esteve Pérez quien lo padeciera.

Sé que todavía no soy una buena escritora porque todavía no he escrito nada de verdad sobre mi madre. Pero sé que todo lo que escribo entre medias es como una preparación para algo que llegará, sin tener la menor idea de cuándo. Mi madre jamás me habló de sus problemas cuando yo era pequeña. Fue el verano pasado en la casa de campo, a través de sus libros espirituales subrayados de hace más de veinte años, cuando entendí la magnitud de lo que había llegado a sufrir cuando era joven. Y cómo logró llevarlo en el silencio más generoso. Pero supongo que los niños no necesitan palabras para captar lo que sucede. Y en esa imagen que siempre me viene de ella apoyada en el cabezal de la cama leyendo esos libros, yo le estaba pidiendo con mis ojos atentos que me enseñara el mundo, que me diera respuestas. Y supongo que entre ella y yo había un cristal teñido de enfermedad.

Uno no tiene mil maneras de querer. Tenemos muy pocas, y el resto funciona como un repetidor que se expande entre las personas que elegimos en nuestro abanico. La mía es poner el miedo en el mismo lugar donde pongo el amor. Así es como quise a mi madre cuando era niña, y así lo propago hoy.

Estos meses que han pasado me recuerdan a cuando dejo de tocar las rocas mientras nado. Ese momento preciso en el que mis pies ya se han separado de la tierra y ahora quien manda es el oleaje. Por eso inspecciono tanto mi cuerpo. Mi cuerpo me proporciona evidencias de que la realidad existe. Me clava en la tierra, me permite sentir las rocas bajo mis pies.

MICANOPY, FL

—Ya le podemos destapar los ojos —dice Virginia, mientras suelta los brazos de Gia.

—¿Seguro? —pregunta Poppy—. ¿No es mejor esperar a llegar al porche? He leído en Google que ahí es donde Joaquin Phoenix se rompió la pierna persiguiendo una ardilla justo después de rodar *Gladiator*, y que durante el reposo se volvió adicto a…

—Solo aviso que en mi vestido para Cannes no cabría una pierna enyesada —interrumpe Gia, apretando ligeramente el brazo de Virginia.

Cuando le destapan los ojos, puede ver una casa de madera blanca y arquitectura colonial, rodeada de humedales. Una hilera de sauces indica el camino al pantano.

Tras instalarse cada una en su cuarto, Amy abre una botella de chardonnay y ofrece una copa a sus amigas. Están sentadas en el porche, sus miradas puestas en el pantano. Amy levanta su copa y brinda:

—Por Micanopy, Florida. Y por ti, Gia.

—No me puedo creer que vayamos a celebrar mi treinta cumpleaños en la casa del protagonista de *Her*. El guion de esa película fue el motor que me dio ganas de escribir mi corto. No os merezco, chicas, sois las mejores.

—¿Cuándo se estrena en Cannes? —pregunta Poppy—. ¿Crees que vas a conocer a las Kardashian? Si llegas a hablar con Kim, dile de mi parte que está más guapa sin pintalabios, plis.

—No creo que hable con Kim, Poppy. Solo es un corto, pero está recibiendo muy buenas críticas. Lena Dunham me ha dado a seguir en Instagram y en Snapchat.

—¿Seguirás siendo nuestra amiga cuando seas famosa? —pregunta Poppy—. Más te vale que nos invites a las fiestas en el Château Marmont, a mí me pilla cerca de casa.

—A mí en Miami no tanto, pero si me avisas con tiempo me tienes ahí en un segundo —dice Amy.

—Pues, cuando vayas, haz una paradita en Texas —sugiere Virginia—. Os echo tanto en falta rodeada de vaqueros…

—Hecho. No solo es un corto, Gia, es un corto nominado a mejor guion. Lo bueno de enviarnos tantas notas de voz por Whatsapp es que siento que ya nos lo hemos contado todo.

—Totalmente, ¿de qué vamos a hablar durante todo el finde? —Virginia ríe.

—No quedará títere sin cabeza de todos con los que fuimos a la universidad —sentencia Poppy.

Más tarde las cuatro chicas están cenando en la mesa redonda del comedor. Todos los móviles están boca abajo, menos el de Gia.

—¿No vas a comer pescado? —pregunta Poppy a Amy.

—No como pescados planos.

—¿Y tú tampoco, Virginia? Qué tonta soy, es viernes y no puedes, perdona.

—Es carne lo que no puedo comer los viernes, Poppy. Puedo comer pescado perfectamente.

«Hola, mi amor. Te mando una nota de voz porque creo que estás cenando con Ryan. Por el momento va muy bien, qué monas son de haberme invitado, no me han dejado coger ni la Visa.

Jamás hubiera accedido a irme un fin de semana entero con ellas, por suerte me han raptado y no me han dado otra opción. Acuérdate de ponerle el aceite de salmón a Margot. Te quiero, Tom, llego el domingo».

Gia amanece en el sofá cama del salón. Se fue a dormir con el sonido de búhos y amanece con el de cigarras. Desde su ángulo, los sauces le parecen particularmente grises y la escarcha que los cubre imita la del cristal que les separa. Poppy lleva rato despierta y está jugando al nivel 1300 de Candy Crush. Virginia sale de su habitación y le dice en voz baja a Poppy que se va a misa. Al cabo de unos minutos Amy sale de la suya y susurra a Poppy que se va a correr por el pueblo. Gia finge que sigue durmiendo un rato más.

Por la tarde, Gia está tumbada en el sofá leyendo un libro. Virginia está sentada en el suelo, apoyada en el sofá. Acaricia la melena de Gia con las dos manos y esta la aparta en un gesto irreflexivo.

—¿Ya no te gusta que te hagan trenzas? En la uni eras una pesada, todo el día pidiéndome que te acariciara el pelo.

—Me he vuelto más sensible al contacto humano. No sé, creo que es por vivir en Nueva York.

—No vamos a hacerte bromas porque sabemos que te dan ansiedad. Pero espero que accedas a bañarte en el pantano con nosotras al menos.

—¿Y los cocodrilos? —contesta Gia, incorporándose en el sofá—. ¿Qué me dices de todas las enfermedades que pueden entrar por cualquiera de mis orificios? ¿Qué me dices de las infecciones de orina? No puedo arriesgarme a bañarme si no tengo antibióticos conmigo.

—¿Te vas a quedar pasando stories mientras tus amigas se divierten en tu cumpleaños? —irrumpe Poppy.

—Siempre he sido una cabrona, y por eso me queréis, ¿no? He perdido la cuenta de las veces que me he escapado de mis propias fiestas de cumpleaños, no estoy segura ni de que pueda quedarme hasta el final de Cannes.

—Y odias estar desnuda —susurra Virginia, en una tonalidad prudente que le asegura que solo Gia la ha oído.

—Cada día fantaseo con la idea de no tener cuerpo. Sin cuerpo sería mucho más productiva. Podría escribir todo el día sin tener que hacer las tareas que esta máquina imperfecta me exige.

—Creía que Tom te habría quitado estas tonterías.

Amy y Poppy se quitan toda la ropa y salen corriendo en dirección al pantano. Gia se queda sentada en el sofá, con el libro todavía en las manos. Amy se gira y grita:

—¡Se te empezarán a caer las tetas y yo todavía no habré visto tus pezones!

«Hola, mi amor. ¿Me echas de menos? ¿Puedes creerte que Amy todavía no se ha quitado el piercing del ombligo? Envíame algún meme».

A la mañana siguiente, Gia friega los platos de la cena. Siempre le ha gustado fregar la vajilla; tener ocupadas sus manos en un acto tan mecánico le permite llevar sus pensamientos a lugares imposibles de adivinar por quién la esté mirando. Repasa mentalmente imágenes de su corto y se da cuenta de que todos los momentos de intensidad emocional de sus personajes suceden mientras limpian, durante algún trayecto en coche o paseando; cualquier situación que asegure la falta de contacto visual entre los personajes.

—Bueno, Gia, ¿ya estás preparada para el callo? —pregunta Virginia.

—¿El callo?

—El que te saldrá en el dedo anular cuando Tom hinque rodilla al fin y te lo pida. En realidad es bonito, ¿no? Es como un signo del sacrificio del matrimonio. Todo aquello a lo que renuncias cuando te casas ante Dios…

—Ya. Bueno, en ese caso no sé si me saldrá a mí ese callo porque si decidimos casarnos será Liana Finck quien lo haga.

—¿Liana Finck? ¿La pintora del *New York Times*?

—Bueno, técnicamente es viñetista e ilustradora. Sus discursos son tan lúcidos como sus viñetas, y además es la persona que más nos conoce en Nueva York. No es tan habitual contar con testigos reales de tu relación. Liana es la única que sabe cómo somos cuando vamos con zapatillas de estar por casa. No sé si Dios ha hecho tanto zoom, la verdad. Una relación de amor es un mundo tan aparte que…

—El baño huele a vómito —interrumpe Poppy, cerrando la puerta mientras se tapa la nariz.

—Vir —pregunta Amy tocándole la barriga—, ¿no tendrás algo que contarnos?

—No he ido al baño hace rato, la última ha sido Amy.

Amy desvía la mirada.

—Vir, ¿os planteáis empezar a buscarlo pronto?

—Un hijo no se busca, vendrá cuando Dios lo quiera. El matrimonio católico está siempre abierto a la vida.

Gia achina los ojos y sonríe, emocionada:

—Oh, esta frase lleva poesía. —Se seca las manos con prisa y apunta la frase en sus notas de móvil.

—Dicho de otra forma —aclara Amy—, no usáis preservativo.

—Eso es. No creo en ningún tipo de anticonceptivo. Me estoy leyendo un libro de Juan Pablo II que me está abriendo los ojos en tantas cosas… La verdad es que últimamente ando pensando que me gustaría haber tenido un noviazgo casto. El sexo es un sacramento a fin de cuentas.

—A mí me gustaría hacer como Beyoncé —contesta Amy—, que alguien tuviera bebés por mí, así no se me deformaría el cuerpo. Realmente a las mujeres nos dan por todas partes.

—El embarazo subrogado es la aberración más grande que podrían haberse inventado, Amy. Por suerte Trump tiene este tema en sus prioridades.

—Me parece increíble que vayáis a votar a la persona que busca precisamente limitar vuestros derechos como mujeres. Es como si un niño le pidiese cada Navidad a Papá Noel tener leucemia. ¡Por favor, Papá Noel, solo te pido eso!

—Mira, Gia, no todo es blanco o negro —dice Virginia—. Ahora mismo me importa más el conflicto de inmigración en Texas que las mujeres, sus abortos, o los gays, la verdad. Encima, tú vives en la burbuja hípster de Nueva York. No sabes lo que es vivir con este conflicto diariamente en cada esquina.

—Ni en mi despedida de soltera Trump me da un puto respiro —Gia coge su móvil y lo coloca a la altura de sus ojos, dando por finalizada la conversación.

«La verdad es que ahora mismo no sé qué hago aquí. He hecho bien en no invitarlas a Cannes. Pero, mira, intento pensar que tampoco me estoy perdiendo nada: Dakota está en México. Se ve que, ciega de eme, compró unos billetes para no perderse el Ceremonia. Realmente no puede soportar no estar donde pasan las cosas. Y Olivia sigue en la India en el retiro de ayahuasca que se supone que le ayudará a dejar la coca. Meterse una droga para dejar otra… Virginia habla muy abiertamente de que está en una secta. ¿Debería llamar a algún centro? Amy está más anoréxica que nunca, ¿debería llamar a otro centro? Y Poppy ha contestado en el Trivial que el edificio más alto del mundo es la torre Eiffel. Si alguna de ellas vuelve a citar una vez más alguna frase de *Los hombres son de Marte, las mujeres de Venus* mientras Poppy dibuja pétalos alrededor de sus pecas que parecen Chocapics me pego un tiro, Tom… Por suerte ya nos vamos, te cuento esta noche en casa. Te quiero».

En el salón, todos los móviles se iluminan a la vez. Virginia coge su móvil:

—Uy, nota de voz de tres minutos de Gia desde el lavabo. Espero que no sea ella cantando su rap de cuando tenía once años otra vez. No podría soportarlo.

Gia tira de la cadena del váter y vuelve a la mesa mientras va deslizando hacia arriba las aplicaciones en su móvil para cerrarlas.

—Chicas, mi avión sale a las… —Gia siente una punzada de dolor en la muñeca izquierda cuando oye su propia voz saliendo del móvil de Virginia. Le tiemblan las piernas. La nota de voz suena hasta el final. Después del «te quiero» de Gia solo se oye el ruido de cubiertos y de búhos a lo lejos.

Poppy rompe el silencio:

—Mira, Gia, tal vez con nosotras no te puedes pasar toda la tarde hablando de cómo el *manspreading* es una simbología de la caza… No tenemos las cejas perfectas como tu amiga Dakota o las rodillas como…

—¿Cómo lo has hecho para no contar absolutamente nada de ti durante todo el fin de semana? —la interrumpe Amy—. Así te aseguras de que no tengamos contenido sobre ti para mandar a nuestros novios, ¿no?

—No es verdad, os lo cuento todo. Os tengo en la lista de mejores amigos en la stories, comparto todo con vosotras, incluso el día que acabé en comisaría por hacer pis en Times Square.

—¡Eso es justo a lo que me refiero, Gia! Me la sudan tus stories, me la suda tu nuevo apartamento de Bushwick, y en realidad me la suda tu corto de mierda. Lo que me importa es saber por qué has llorado mientras duermes cada noche que hemos pasado aquí, por qué estás todo el día pegada al chat de Tom, por qué no dejas que te toquemos el puto pelo.

—Eso es —exclama Poppy—. No somos unos de tus setenta mil seguidores en Instagram.

—Setenta y cuatro mil… —susurra Gia, estirándose los pelos de las cejas.

—No eres capaz de enseñar nada de ti, y sin embargo se supone que lo enseñas todo en tu arte. Solo lees la realidad para que dé forma a los personajes de tus guiones, no para estar en la puta realidad de verdad. Espero que no uses esto para una de tus historias —advierte Amy.

—Lo siento, no debería haber dicho todo eso…

—¿Sabes que el camino fácil es juzgar, verdad, Gia? —pregunta Virginia—. A diferencia de ti, yo hago muchos esfuerzos para no juzgar que cada vez que estamos hablando de algo, tú estés enviando mails a Google quejándote de que Google Alert no funciona bien porque no estás recibiendo notificaciones de prensa con tu nombre. Hago muchos esfuerzos para no juzgar cómo cada vez que Poppy dice cualquier cosa te aseguras de que todas pensemos lo tonta que es, y por contraste, lo erudita que eres tú. No juzgo que no seas capaz de mostrarte tal y como lo hacemos nosotras. No lo juzgo porque no necesito que me muestres cosas para que de todas formas pueda verlas.

—Lo siento, de verdad…

—No va a haber muchos amigos ahí fuera que te quieran simplemente por como eres. No soportas sentir que perteneces a un grupo, te pasa eso desde el colegio.

—Eso no es verdad —responde Gia.

—¡Y tanto que lo es! —grita Poppy—. ¡Si hasta tu corazón preferido de los emojis es el as de corazones porque está separado de todos los otros! ¿Qué puto problema ves en que los corazones estén juntos en la lista de emojis? ¿No te das cuenta? Te quedan muchas vidas para poder pasar esta pantalla, Gia.

—Pues al final será verdad que gracias a las notas de voz no hace falta ni ponernos al día… —musita Amy.

En el Uber de camino a Brooklyn desde el aeropuerto, Gia abre Twitter y escribe: «Derribo en Micanopy». Antes de publicar el tuit, se queda mirando por la ventana y termina borrándolo. El coche avanza bordeando el cementerio de Queens. Siempre le abruma la inmensidad de ese lugar, y lo que tarda en desaparecer desde la ventana del coche. Rara vez ve a alguien visitando alguna tumba. Le gusta ver el cementerio antes de llegar a la ciudad. Lo siente como el último lugar que podría acoger su tristeza; eso tienen los cementerios, piensa. Una vez llegue a Nueva York, tendrá que bloquearla por completo. Cruzando el East River, Gia vuelve a abrir Twitter. Tras varias ediciones, le viene a la mente la última frase que le dijo Poppy, y termina por escribir: «Muchas vidas para poder pasar esta pantalla».

MIS PADRES

Se tenían guardados en su primer móvil como LILA y AZUL, por el color de sus Alcatel. Fueron huérfanos y crearon a cuatro personas juntos. Se esperaron para cenar. Hablaron sobre si querían el divorcio. Pusieron propiedades al nombre del otro. Leyeron a Agatha Christie en el coche mientras el otro conducía y jugaban a adivinar el asesino. Firmaron testamentos. Uno se iba con los niños en verano mientras el otro trabajaba y llamaba por teléfono. Se dijeron mentiras. Perdieron la cuenta del día que se dieron el primer beso. Recordaron el apellido vasco de la chica que les presentó en el club. Conservaron la toalla de Mafalda que uno le dejó al otro en la portería cuando se enamoraron, con la que más tarde sus hijos irían a bañarse al río. Compartieron canciones francesas en el muro de Facebook del otro. Respondieron que no querían el divorcio. Fueron reduciendo las palabras que dejaron de necesitar.

INEVITABLE

Hay algo en las mañanas que no encuentro durante todo el resto del día. No se trata del silencio de las primeras horas, ni de ciertos olores. Y aunque me guste pensar que sí, tampoco se trata de la luz. La luz que entra en este piso por las mañanas me deja indiferente. En cambio por las tardes usa las paredes blancas y alargadas como proyector, y cuando me giro para observarlas de nuevo ya han desaparecido. Son círculos que se funden, formas geométricas, luz de acuarela. Nunca he comentado esto con nadie y no sé si quiero hacerlo.

Todo empieza así: yo en la cocina preparando agua con limón. Sé que llevo haciéndolo desde hace unos siete años, y cualquier cosa que haga o que me pase desde hace siete años es toda una vida para mí. Hay que fijarse en cómo una trata el tiempo: dice mucho de cómo nos acabará tratando.

Lo que ahora mismo me separa de mi agua con limón son puertas altas cerradas que abriré, dando paso a la luz. Quiero hacerlo antes de que P. se despierte y le tenga que ayudar con los ejercicios para que se le vaya el vértigo. Sé que mientras los haga, empezará a preguntarme cosas como por cuánto dinero me comería una mierda de vagabundo, en el caso de que haya podido controlar su alimentación durante los tres días anteriores a la defecación. Le responderé que por un millón de euros, pero en realidad lo haría por mucho menos.

Desde la cocina puedo escuchar los ronquidos de P. Dormimos en el mismo metro cuadrado donde, a mis seis años, me subí encima del ataúd acristalado de mi abuela. Me cuentan que la observé en silencio durante mucho rato y que solo se me cayó una lágrima. Ni una más, ni una menos. Es el mismo metro cuadrado donde me masturbo cada vez menos, donde tengo sexo con P. y le observo también desde arriba.

En la plaza donde vivo hay una farmacia con una báscula que cuando detecta movimiento pregunta: «¿Quieres conocer tu peso ideal?». Es una voz femenina, con un tono extrañamente evocador. Por fin veo a alguien queriendo conocerlo. Yo nunca he introducido ninguna moneda en la báscula. Creo que oír esa pregunta es lo único que no echaré en falta cuando me tenga que ir de aquí.

La máquina expendedora de esa misma farmacia vende el agua más barata de todo el barrio. Algo me pasa con el agua. Siempre que entro a cualquier espacio, mis ojos la buscan. Cuando me imagino a mí misma de anciana tengo que poner en esa foto un vaso de agua.

¿Dónde está ahora el agua que beberé mañana? A veces me imagino todos los edificios, las plazas y las calles como instrumentos creados únicamente para transportar agua de un sitio a otro. Túneles, tuberías, acueductos, agujeros, grifos cuya última finalidad es que llegue agua a nuestro cuerpo. Me lo imagino todo transparente, solo agua en movimiento. Y así, esta plaza ya no sería una plaza; sería también un círculo transparente donde llegara el agua a través de una fuente. Y este piso ya no sería un piso; sería un mero instrumento para el agua. Tal vez así me daría un poco menos de pena tener que irme de aquí.

Siempre quise tener piscina y nunca la tuve. Pero creo que eso no tiene nada que ver con mi obsesión con el agua. Tampoco con el hecho de ser Tauro, un signo de tierra, y necesitar tanto a los Piscis. Siempre me ha parecido curioso lo aceptado que está preguntar el signo y el ascendente de alguien, pero que para hablar de Dios preferimos ser prudentes y usar palabras como la vida o el universo mientras nuestros dedos señalan al cielo.

La próxima persona que viva en esta casa nunca sabrá que mi bisabuelo hizo traer de París todos los materiales de la fachada. Pienso en todas las palabras que dejaré de decir cuando me tenga que ir. Olvidaré las de la báscula. Ojalá existiera un gestor que me pasara informes sobre mis palabras más utilizadas y las que he ido abandonando con el tiempo. El gestor no preguntaría nada por ética profesional. Solo proporcionaría sugerencias, manteniendo una línea elegante y fina para no inmiscuirse en mi vida. Siempre me hablaría de usted. Por correo haría alguna broma. P. llega a la cocina. Se sirve un vaso de agua, me sirve otro.

Agua es una palabra que no voy a poder dejar de decir nunca.

LO INVISIBLE

Supe que estaba embarazada porque una mañana me desperté con sed. No con mareos ni náuseas, ni nada parecido, simple y llana sed. Se lo dije a P., y él me contestó que eso también es un síntoma de COVID. Solo lo habíamos probado una vez hacía dos semanas, sin pensárnoslo demasiado.

El mismo día, me hice un test de embarazo y salió negativo, pero yo seguía convencida de que estaba embarazada. El día siguiente me compré otro Clear Blue. P. se había ido en bici cuando repetí la prueba. Estaba doblando la ropa recién lavada cuando por fin apareció el resultado «embarazada 1-2 semanas» en la pantalla. Seguí doblando la ropa con la boca abierta. Oí que P. había vuelto, y salí al jardín a darle la noticia. Él estaba pasando agua a la bicicleta, y cuando me vio me empezó a mojar con la manguera. Yo llevaba el test en el bolsillo derecho de mis Levi's. Cuando paró de mojarme, le enseñé el resultado, y nos dio un ataque de risa. Pensé que tanto el día que lo concebimos como el día que lo supimos, ambas reacciones habían sido la misma: reírnos. Y que si mi primer síntoma había sido la sed es porque sería Piscis. Pensaba que rodearme de agua era importante para mí.

Algo bueno de estar embarazada es que Google te responde cualquier duda que tengas. No es como cuando busco enfermedades extrañas en las que siempre termino leyendo PDF de libros escaneados o informes demasiado técnicos. Sobre el embarazo, la respuesta que estás buscando sale directamente en destacados. Puedes buscar «embarazo chicles» y encontrarás varios artículos que contestarán a tu duda.

Nada más supe lo del embarazo, empecé a hablarle. Le hablaba como le hablo a Jesús desde pequeña. Es natural en mí mantener diálogos con alguien a quien no veo. Le expliqué que yo era un canal –o quizá eso me lo decía a mí misma–, y que aquí era bienvenido, que si pensaba que esta podía ser una buena casa para hacer lo que ha venido a cumplir en este mundo, que se quedara con nosotros. No le iba a relatar cómo éramos, puesto que ya lo estaba viendo desde ahí dentro. Y que si no quería quedarse, lo comprendería.

Esas semanas recibimos a unos cuantos amigos en casa. P. se emborrachaba con ellos, yo no bebía y nadie se daba cuenta. Una de esas noches, uno de nuestros amigos nos agarró de las manos y nos propuso desear muy fuerte que una pareja de amigos concibiera esa noche en un barco en el Mediterráneo donde se encontraban. Ahora ella está embarazada de mellizos. De ahí salió el tema de la maternidad, y alguien dijo que con todo lo que estamos viviendo, decidir no tener hijos todavía podía ser una buena idea. Yo quería que P. interrumpiera esa conversación con una broma elocuente de las suyas, o simplemente que nos miráramos, y ya con eso me habría sentido protegida. Pero había bebido demasiado y se había dormido en el sofá con la boca abierta tipo Homer Simpson.

Así que decidí defenderme sola. Respondí algo así como que siempre hay que seguir hacia delante, que siempre hay que confiar en los días que vendrán, y que estamos aquí para reproducirnos. Se lo estaba diciendo a él, a eso que llevaba dentro. Pensé que esa escena tenía el nivel de tensión y de humor suficiente para que Judd Apatow la usara en alguna serie. Quedaban dos días para el sueño de las serpientes muertas.

La noche en la que debió de morir yo soñé que me veía la barriga por dentro. Estaba colgada en una pared, abierta, y veía dos serpientes durmiendo dentro de mí, en vertical.

Nada más abrir los ojos, escribí en Google mi sueño y encontré un artículo de *El País* que explicaba que la gestación es un periodo crítico en la vida de la mujer porque no dirige su vida a través del yo consciente. Según el experto, soñar con serpientes era señal de vida y movimiento.

El día después del sueño de las serpientes, dormí en el camarote de un barco escuchando podcasts de embarazo. Nos íbamos a una isla a pasar el verano.

No le conté a nadie que estaba embarazada por aquello de esperar a ver si todo va bien. Pero como me moría de ganas de dar la noticia, y las cosas se vuelven reales una vez las cuentas, se lo anunciaba a personas que sabía que no iba a volver a ver. Durante una sesión de música online con productores de Los Ángeles, uno de ellos se disculpó por llegar tarde porque se acababa de enterar de que su mujer estaba embarazada. Así que les conté que yo me había enterado de lo mismo la semana anterior. También se lo conté a la dueña de la droguería a la que le compré unas gomas para hacerme trenzas. Me recomendó el hospital Juanita por si quería hacerme las revisiones en la isla y no tener que volver a mi ciudad.

Esos días mi miedo a un posible aborto espontáneo iba en aumento. Había leído que suelen tener lugar durante la sexta semana, y yo la estaba empezando. Así que me inventé un juego en solitario que tranquilizaba mi mente. Miraba alrededor y me decía que cada ser humano que veía era el resultado de un embarazo satisfactorio. Eso, y que tenían un DNI, eran dos cosas aseguradas. Y ni siquiera la segunda era tan probable.

P. y yo tuvimos una pelea inusualmente horrible en la que hice algo que nunca hago: tirar cosas por el aire. Típica imagen de videoclip que nunca te imaginas que vas a protagonizar. P. se acercó para calmarme y le mordí un brazo. Las hormonas.

Al día siguiente tuve un mínimo sangrado marrón, volví a la habitación, nos tumbamos y me dijo que no me preocupara, que todo estaba bien. Yo asentía mientras notaba una lágrima en mi mejilla.

Recordé el nombre del hospital que la mujer de la droguería me había recomendado. A la mañana siguiente estábamos en la sala de espera. La doctora me hizo una ecografía en la que se veía un saco y una lenteja, pero de un tamaño más pequeño al que correspondía por la semana de mi embarazo. Nos dijo que había dos posibilidades, una buena y una mala. La buena era que el embarazo estuviese activo y que simplemente estuviera embarazada de menos semanas de las que pensaba. La mala era un embarazo interrumpido. Sobre esta opción, nos aseguró que la naturaleza era sabia y que «fuera quien fuera en quien creyéramos, en Dios o lo que sea» había decidido desechar esa posibilidad ya que era debido a un cruce en los cromosomas. Me dijo que sobre todo no me sintiera culpable, que las mujeres siempre tendemos a pensar que somos las responsables.

Fue como si P. y yo hubiéramos estado en dos conversaciones distintas. Él interpretó que todo podía ir bien. Yo pensé que la doctora usó el futuro imperfecto del indicativo para explicarme lo que pasaría en mi cuerpo si se daba «la segunda posibilidad», la indeseada. La doctora me dio suficientes indicios invisibles para ni siquiera retener la coletilla del final «pero ahora estamos en el primer escenario». Yo sabía que ya nos encontrábamos en el segundo.

Finalmente, la actitud positiva de P. consiguió transformar mi primera intuición en esperanza. Seguimos googleando los alimentos dudosos antes de comer. Sin embargo, me cambiaron los sueños. Volvieron los mismos sueños recurrentes antes de estar embarazada.

A los pocos días, el segundo escenario, el indeseable, se materializó. Me acordé de mi juego secreto de mirar humanos y pensar en sus embarazos satisfactorios y sus DNI: esa imagen que antes calmaba mi mente no era en realidad prueba de nada, ya que todos los embarazos fallidos son invisibles. Y sin embargo, están sucediendo todos los días, en barrigas de mujeres vivas y sanas. Poco se habla de lo invisible.

En internet sí se habla de lo que no se ve. Leo testimonios de mujeres que han vivido la misma experiencia. Muchas intuyeron lo que estaba pasando antes que nadie por indicios absolutamente imperceptibles para los demás. Una lo supo por la forma en la que la enfermera giró la pantalla del ordenador durante la ecografía. Otra por un pósit que leyó en la mesa del doctor en el que ponía «She doesn't know yet».

Es frecuente alabar el hecho de que una mujer puede llevar y crear vida, pero menos habitual es elogiar que también puede llevar la muerte. La muerte también vive dentro de ellas, mientras compran cerveza sin alcohol, mientras limpian con cautela la fruta para evitar pesticidas indeseables para el feto, mientras siguen cuentas de embarazo en Instagram.

Sobre el aborto espontáneo, Google explica en destacados que puede ser una pérdida muy difícil de aceptar. Sobre el verbo «perder», Google pone como ejemplo la pérdida de un bebé. Y sin embargo, me resisto a asumir que yo haya perdido nada. Yo no lo he perdido a él. Lo habría perdido si no supiera dónde está, si se escapase de mi vista por haberme distraído, si estuviese en otro lugar. ¿Cómo no vamos a sentir culpa si la única opción que nos da el lenguaje para comunicar este suceso es «he perdido el bebé»?

No. Yo no lo he perdido a él. Lo que he perdido es la expectativa de que fuera un niño Piscis. Yo quería caftanes, quería llevar trenzas todo el verano, quería hacer ramos con las adelfas rosas y blancas del jardín de la casa de esta isla y arreglarlas en jarrones de barro pintados con rayas azules. Eso sí lo he perdido. Lo que he perdido es el pensamiento que tuve cuando me metí en el agua fría de la playa de Arenal d'en Castell, y pensé que era la primera vez que él estaba en el mar. Hacía semanas que no vivía.

Tú no quisiste nacer. Al menos no conmigo. Y esto es lo último que puedo escribirte.

MISS MARPLE

Me gusta estar embarazada. Por primera vez puedo sentarme en los asientos reservados del tren con un motivo de verdad. Por primera vez en mi vida sé lo que es tener pechos. Cuando le doy la Buena Nueva a alguien veo su mejor yo: sus ojos se iluminan y me regalan toda su atención ladeando la cabeza ligeramente. Así es como deben de vernos los cachorros cuando les miramos.

Luego están las hormonas. Se están portando mejor que nunca. No lo hacen por mí, sino por el bebé. Me enfada que no quieran actuar así siempre. Hay momentos en que me siento como si hubiera tomado ácido. Tengo ganas de abrazar a todo el mundo, me quedo embelesada mirando el movimiento de las hojas de los árboles, doy like a cualquier publicación. Bailo Post Malone desnuda frente al espejo mientras espero a que se absorba el aceite de mosqueta para prevenir estrías. Debo de estar viviendo la famosa luna de miel de la embarazada, que tiene lugar en el segundo trimestre.

Solo hay una cosa que me inquieta. Así como otras mujeres tienen antojo de fresas o de alimentos exóticos, yo tengo antojo de misterio. Me paso los días deseando que pase algo enigmático, extraño, y verme envuelta en una trama tipo Miss Marple. El *true crime* de Netflix ya no me sabe a nada.

No creo que esté pidiendo demasiado. Ni siquiera estoy buscando un crimen de sangre; soy consciente de que eso no sería bueno para el bebé. Me conformo con una trama por resolver. Qué sé yo: una luz parpadeante en la ventana del edificio de enfrente, una nota encriptada en medio de los árboles limoneros del jardín, destellos en el cielo que solo hayamos visto unos pocos afortunados.

La realidad suele reducir las posibilidades a una, y eso es algo que últimamente me parece soporífero. Por ejemplo, en la última visita al ginecólogo, mi marido y yo supimos el sexo del bebé. Y aunque el tiempo previo de no saber si sería niño o niña me mantenía curiosa, ya sabía de antemano que en ese misterio solo había dos posibilidades y que pronto se reducirían a una.

Ayer, al salir del Liceu nos pusimos a seguir a un hombre y a una mujer. Me fijé en ellos porque él le tocaba el muslo y ella parecía molesta. Pensé que eran dos desconocidos, así que rápidamente se me activó el radar misterio. Pero poco más tarde él le sostuvo el bolso a ella durante un momento, entonces comprendí que eran, tristemente, una pareja. Les seguimos durante un rato más hasta que enfilaron por Riereta, y ya no me pareció prudente pasar con un bebé en la barriga por las casas en las que se trafica con heroína.

Ahora mismo hay una decena de personas en Barcelona que desconocen haber sido perseguidas por una preñada con el útero en anteversión. Pero por ahora, lo de seguir a gente no ha satisfecho mi sed de misterio, en absoluto.

Ojalá mis antojos fueran más accesibles. El otro día, por ejemplo, fui a comprar naranjas. Cada semana mi app me informa de la fruta a la que corresponde el tamaño actual del bebé, y cada semana compro esa misma fruta. Pues resulta que noté al del colmado distraído. Cuando me estaba cobrando, recibió una llamada. Arqueó la espalda, se giró con brusquedad, se tapó la boca con la mano que le quedaba libre y susurró: «Os he dicho que ya lo tengo todo listo».

Empecé a arder en misterio. Mi cabeza ató cabos rápidamente y deduje que podía estar hablando del rescate de su mujer o de su hijo. Es sabido en el barrio que este colmado gana mucho dinero, la familia es terrateniente de varios campos por el Delta del Ebro. Así que le dije que había olvidado comprar kiwis gold y papaya. Me quedé cerca de él, poniendo la oreja, observando de reojo cuáles serían sus siguientes pasos.

¿Abriría la caja y se pondría a contar billetes? ¿Iría a la trastienda a recoger la bolsa con los fajos? Al poco rato entró su mujer al colmado. Se me encogió el corazón cuando caí en que en ese caso el rapto solo podía ser del hijo, ese chico tan majo que nunca me cobra las bolsas de plástico. El señor le preguntó a su mujer si podía reemplazarle por media hora. Hombres, pensé, siempre escondiendo los problemas a sus mujeres para que no sufran. Cuando el señor ya estaba saliendo, la mujer le preguntó adónde iba, sin gran interés. Él le respondió que ya era la tercera vez que le llamaba Fripan para recuperar las cajas vacías de los pedidos, y que iba a devolverlas él mismo. Volví a casa cabizbaja, tirando del carrito de la compra con desgana y decepción.

Todos mis proyectos de misterio se van desvaneciendo, uno tras otro. El otro día, mientras la ecógrafa nos hacía escuchar el latido del bebé, me fijé en que tenía tatuado en la mano unos ojos masónicos. De vuelta a casa en el coche, se lo comenté a mi marido y me aclaró que eran las reliquias de la Muerte de Harry Potter. Otro misterio acuchillado. No debo de estar mirando en la buena dirección. Empiezo a sospechar que me estoy perdiendo las tramas interesantes mientras persigo pistas falsas.

Los miércoles por la mañana voy a clase de arreglos florales con mi amiga Mili. Hablamos de nuestros perros, de los tuits de Kanye West, de Maison Margiela. Es el único momento que consigo desconectar de mi antojo de misterio. Intento memorizar el nombre de las flores, mientras agarro las ramas y los tallos. Mili tuvo un hijo cuando era adolescente. Me asegura que quiere seguir teniendo hijos con muchos hombres distintos. Mili me cuenta que nunca entenderá que del deseo y a veces incluso del amor entre dos personas surja una nueva, alguien que se deja en el mundo sin llegar a conocerla del todo.

ARCHIVOS COMPARTIDOS

En su día se quisieron, hoy son un grupo de Whatsapp. En sus archivos compartidos desde hace más de cuatro años se encuentra lo siguiente: una foto de un sobre, una foto de una chica en un puente, un pantallazo de una tarjeta de contacto de un osteópata, y alguna cosa más.

La primera chica repasa los archivos, y al ver la foto del sobre acaba de recordar que cuando su novio la dejó le escribió una carta de amor de las que ya no existen, vomitándole todo el dolor y el deseo en frases intempestivas, sin comas ni puntos de exclamación. Piensa que ahora estas palabras siguen durmiendo en un papel pero que el sentimiento se ha evaporado. Le sorprende haber sido tan valiente. Ahora es recatada y comedida. Por eso ha editado el mensaje una decena de veces antes de pulsar enviar: «He estado mirando todas las fotos que nos hemos ido enviando, ¿os gustaría tomar un café algún día después del trabajo?».

La notificación del mensaje ilumina el móvil de la segunda chica. Lo lee en diagonal mientras sigue tecleando en su ordenador y vuelve a centrar su mirada en lo que está haciendo. Al cabo de unos segundos, coge el móvil y abre la notificación con desdén, como si su intento inicial de ignorar el mensaje hubiese fallado. Antes de contestar, remolonea un poco por el grupo. Le pica la curiosidad y mira los archivos compartidos. Se para un rato a observar la foto de ella en el puente. En un instante, le vienen oleadas de otras imágenes. Los veranos en la casa de campo con sus hermanos y sus padres. Las botas manchadas de tierra después de una excursión. Los viajes en coche saliendo de madrugada hasta el norte de Europa toda la familia. Se ha quedado haciendo zoom en la foto del puente de arquitectura extraña en Viena y no es capaz de recordar quién pudo tomársela si ella estaba sola. Tampoco recuerda por qué la compartió en ese grupo. No duda de que estaba sola porque en ese momento necesitaba respirar nuevos aires sin su familia. Ahora la chica piensa que esos momentos no se repetirán, que sus hermanos se han casado, han formado nuevas familias, y la vida ya se ha hecho, sin más. Algo parecido siente con ese grupo.

La tercera chica ha tardado un poco más en ver el mensaje. Si alguien la hubiese mirado mientras lo leía, habría podido observar cómo ha sonreído de forma espontánea y ligera y cómo se le ha arrugado la frente al cabo de dos segundos. Sigue preguntándose por qué las personas que más quiere le tienen envidia. Piensa que la envidia y el amor son sentimientos opuestos y que la contradicción forma parte de la vida; ¿por qué le cuesta tanto asumir que pueden quererla y envidiarla al mismo tiempo? Cree que eso fue lo que la separó de ellas. Lleva días con dolor de espalda y no sabe por qué. La foto del contacto que le pasaron del osteópata acaba de recordarle que ese dolor le acompañó durante muchos años.

La cuarta chica es de pocas palabras. Siempre espera a que las otras contesten antes de empezar a teclear. Observa más que opina. No hablar es su lugar seguro. Si se calla y se limita a escuchar, el margen de sus errores disminuirá estrepitosamente.

Han quedado en el bar donde solían hablar sin parar. La primera chica ha sido la más puntual. Siente que le toca tomar la iniciativa para lanzar temas seguros y fáciles, ya que es ella la que las ha reunido hoy. Cuando las otras hablan, la segunda chica repasa a sus amigas con la mirada. En sus ojos hay tristeza. Es una tristeza profunda, no responde a lo que está viendo, se multiplica en tristezas dentro de tristezas de lugares y momentos ajenos a este. La tercera chica ha escondido su anillo de prometida justo antes de llegar a la mesa; esta reunión va sobre ellas, ¿qué necesidad hay de restregarles que su novia le ha pedido matrimonio con un anillo de diamantes? La cuarta chica sonríe por inercia y asiente de manera acelerada. Se concentra más en las formas que en lo que está escuchando. Cuando siente que la atención se ha desviado de ella, mira el móvil y se queda un rato en él. Es su forma de desprecio.

Se han despedido con un: «Hasta pronto, que no pase tanto tiempo hasta la próxima vez». Esa noche, nadie escribe nada en el grupo de Whatsapp.

GOD BLESS YOU

Me gusta Los Ángeles. Me recuerda a Las Rozas, el municipio al lado de Madrid donde crecí. En los sesenta se convirtió en un plató de cine y mi abuelo y sus amigos hicieron de extras en el rodaje de la película *55 días en Pekín*. Durante un instante fugaz en la Historia, Las Rozas estaba llamado a convertirse en la sede de la industria del cine. Pero Dios tenía otros planes.

A toro pasado, me he dado cuenta de que cuando me mudé a Los Ángeles andaba buscando la presencia de lo que conocía: los centros comerciales me provocaban una nostalgia tremenda. Me acordaba de los domingos por la tarde en Las Rozas Village paseando con mis primas. Lo hacíamos coincidir con nuestro *cheat day* de la semana, así que nos hinchábamos a chuches y a cookies del Starbucks. Una vez mi prima Paula se hizo pis encima de tanto reír por el subidón de azúcar. En el lugar de donde yo vengo hay cinco centros comerciales; en Los Ángeles hay para dar y vender. Terminé por acostumbrarme a ir sola, ya que a mi marido Genaro no le gustaba acompañarme. Era ingeniero, y decía que los materiales de cartón piedra le ponían de mal humor.

Conozco el número exacto de colegios en Las Rozas, el número de hospitales. Sé cuáles son los semáforos de larga duración y los nombres de los puentes. Aquí en cambio hay demasiados semáforos para tenerlos todos controlados. Pero cuando me encontraba en las eternas esperas de semáforo en rojo subida al Jeep Wrangler, el coche de empresa de mi marido, me fijaba en los indigentes que cruzaban la calle y les iba lanzando deseos. Están por todas partes. Genaro siempre me decía que en Nueva York la epidemia son las ratas y que en Los Ángeles son los indigentes. Autocares que llegan de zonas frías del norte del país les dejan aquí para que al menos no mueran de hipotermia. Esta es otra cosa que me gustaba de los centros comerciales, que ahí no pueden entrar. Les veía con sus carros y sus carteles pidiendo limosna con ingenio, y yo iba lanzando deseos para cada uno: que este encuentre un trabajo, que el otro solucione el conflicto con el familiar de turno, que al de la esquina Dios le libre de la enfermedad, que a la de su lado le ayude a bajar de peso. Que Dios me perdone, y sé que algún día me lo cobrará, pero me daban asco los gordos.

Empecé con lo de las dietas por mi prima Paula cuando éramos dos crías de trece años. Nuestros padres no nos dejaban estar tan delgadas, y ahí es cuando se hizo divertido. Dicen que los niños descubren la excitación restregándose con un cojín. Yo la descubrí adelgazando en secreto. Pregúntame cualquier cosa sobre cualquier tipo de dieta, las he probado todas. Y sin embargo, hace tiempo que dejó de ser secreto y definitivamente dejó de ser divertido.

Siempre tuve mucho éxito con los hombres, tanto en el colegio como en la Complu, donde me gradué en Protocolo y Eventos. No está bien que lo cuente una misma, pero en la fiesta del Paso del Ecuador de la carrera, me llevé tres banderas: Miss Complu, Miss Sexy y Miss Cuerpazo. Me las traje a Los Ángeles con la mudanza. Y aun así, ningún día de toda mi miserable vida me gustó lo que el espejo me decía. Un chico de mi pueblo que iba para cura porque Dios se le había aparecido durante su Erasmus en Roma en una iglesia abandonó el seminario porque quedó prendado de mí. Yo dejaba a todos los hombres con el deseo insatisfecho. Mi padre me lo decía desde pequeña: nadie me merecía, yo era una piedra preciosa.

Genaro llegó a mi vida justo al terminar la universidad. Fue el caballo ganador porque simplemente supo adivinar el juego: me tenía que tratar como un padre, aprobar y animarme a exceder mis dietas, y darme la suficiente distancia emocional. Genaro me cuidaba, me dio una buena vida. En el sexo, pobre mío, no andaba tan contento.

Nunca supe disfrutarlo de una forma normal. Necesitaba recrear en mi mente momentos de máximo esfuerzo para llegar al estímulo: pesas pesadas, dietas con cero hidratos de carbono, duchas congeladas. Su trabajo le mandó a Los Ángeles, y yo me fui con él. Vivíamos en un condominio de altos ejecutivos con piscina, gimnasio, squash y clases de piano. Palmeras allá donde pusiéramos el ojo. Era el sueño dorado.

Pero los sueños también mueren. Cuando me atrevo a mirar hacia atrás, y buscar el minuto exacto en el que empezaron a torcerse las cosas, me viene la imagen de Alma muerta en el suelo, con mi mechero del escudo de Las Rozas en la mano.

Dios nos priva del sueño cuando ya no sabe cómo hacerse oír. El mes siguiente de esa fiesta desgraciada que terminó por llevarse la vida de Alma, la cumpleañera y anfitriona, yo había conseguido matar los días y el horror doblando mis horas de entreno y apuntándome a un club de kick boxing en la playa de Santa Mónica. Ese centro era otra de las muchas cosas que me había enseñado Alma de Los Ángeles. Nunca me había gustado soñar. No poder controlar mi vida en el otro mundo, el de los sueños, era en sí mismo una pesadilla. No poder dormir era el peor castigo. Y creo que fue precisamente esa privación del sueño lo que me llevó a hacer cosas que la Regina de Las Rozas no hubiese sabido ni pronunciar.

Estábamos comiendo como cada domingo en Il Pastaio de Beverly Hills con Diana, Dakota y Linus. A todos nos había juntado Alma, y Alma ya no estaba. Me aburrían soberanamente los temas de los que estaban hablando, que si el posmodernismo era causa y efecto del capitalismo, cosas así. Así que procedí a contarles lo de mi insomnio. Les dije lo desolada que me sentía, que Alma se me aparecía en todas partes, y que no podía parar de pensar que si no hubiera salido con ella a fumar, ahora estaría aquí, pidiéndose una copa de rosé blanco. Dakota, con esa tendencia suya tan irritante de tocarte mientras hablas, me interrumpió: «Cariño, estás definiendo todos los síntomas de una depresión. *Madre* te ayudará». No, no se refería a las monjas de mi colegio de Las Rozas, sino a la ayahuasca, una bebida tradicional indígena de la que ella se había apropiado dentro de la escena cultural de Los Ángeles, organizando retiros poco convencionales.

La idea de someterme voluntariamente a perder la cabeza e irme a mundos desconocidos era otra pesadilla para mí. Nunca me habían atraído las drogas, y mucho menos las psicodélicas. Pero Dakota me aseguró que no era una droga, sino una sanación, y que me lo tomara como uno de los *juicing* que solía hacer después de fiestas para desintoxicar mi cuerpo de tanto atracón. Pensé en la mano inmóvil de Alma con el mechero, en otra noche más sin pegar ojo. Pensé en toda mi miseria. ¿Qué podía perder?

Así que el día siguiente estaba subida en un coche con ellos tres rumbo al parque nacional de Joshua Tree para celebrar la ceremonia. Sonaba Fleetwood Mac. Siguiendo sus indicaciones, acomodamos entre todos unas telas atadas a los árboles, para condensar todas las vibraciones en el mismo lugar. Estaba atardeciendo y los ruidos eran secos y misteriosos. Dakota nos dijo que nos sentáramos en círculo, rodeando las velas. «Pídele a *Madre* lo que quieres ver», me dijo, mientras me servía una taza de té. Se suponía que esa taza de té, cuyo sabor amargo y ácido no distaba nada de las Té Slim de Hornimans, me iba a ayudar a quitarme la imagen de un cadáver de la cabeza. Pero si lo hacía tenía que darlo todo, como si se tratara de cualquiera de mis dietas. Así que pedí ver a Alma en paz, ver cómo se la llevaba la luz. Y ya de paso, pedí estar delgada para siempre. «Nunca te creas a nadie con las cejas mal arregladas», esa era mi bio de Instagram de aquel momento. Y eso es precisamente lo que estaba haciendo en cada sorbo: seguir las indicaciones de las cejas de Dakota, en un desierto del lejano oeste, sin siquiera haber googleado nada sobre la fauna de ese lugar, al ritmo de la música mística de su Spotify.

Pasados unos minutos empecé a sentir una presión muy fuerte en la frente, justo arriba del entrecejo, donde se encuentra el tercer ojo, el ojo invisible que te permite ver más allá. Al rato, me estiré y empecé a ver caras flotando alrededor. Eran chicos de Las Rozas: mi primer novio, el peluquero que murió en un accidente de moto. Se dice de Los Ángeles que es la ciudad más deshumanizada del mundo. Y sin embargo, ahí estábamos: cuatro angelinos en medio del parque nacional de Joshua Tree, todas las estrellas para nosotros, los árboles recordándonos que el viento nos protegía, y yo viendo vomitar y cagar al mismo tiempo a una chica que había conocido hacía apenas un mes, mientras Dakota me cogía los pelos y me los estiraba para arriba porque el cabello conecta con el cielo. Diana estaba desnuda a cuatro patas, vomitando y cagando líquido al mismo tiempo, un efecto muy natural de la ayahuasca, según Dakota. La verdad es que los dos chorros y el cuerpo en esa posición creaban un cuadrilátero desigual precioso. Linus movía la lengua de una forma extrañísima. Más tarde me enteré de que se estaba sintiendo una serpiente.

Se hizo de noche y Dakota propuso ir a dar un paseo entre los árboles. Al cabo de un rato indefinido –habíamos perdido la noción del tiempo– se hizo evidente que nadie sabía dónde nos encontrábamos. Entonces, vimos una carretera a lo lejos. Nunca en mi vida he sentido tanta paz como en esa carretera. Comprendí que cualquier paso que se hace en la vida es un camino en sí, y que por definición un camino te lleva siempre a algún lugar.

Un letrero de neón aplacó la oscuridad absoluta de la carretera. SHOWGIRLS / GENTLEMEN'S CLUB. Dakota, que hasta ese momento había mantenido una actitud de chamán tipo Osho, empezó a gritar que teníamos que ver un espectáculo en el que sexo y dinero bailan y se funden en las curvas de una mujer. La ayahuasca consiste precisamente en trascender el cuerpo, el dinero y el sexo. Las frecuencias altas nos estaban esperando ahí dentro, nos aseguró.

Nos sentamos en unas butacas tapizadas de cebra alrededor de una mesa redonda, enfrente de la tarima donde bailaban las mujeres con tanga de hilo. Linus y Diana se reían como se ríen los adolescentes en celo. Yo en cambio me quedé totalmente ensimismada. A mí me había subido mucho más que a los otros, que ya estaban volviendo en sí. Dakota me dijo que tenía más efecto en las personas que comían poco y de forma muy equilibrada. No podía apartar los ojos de esas mujeres. Me fui al lavabo, cerré el pestillo y con la espalda apoyada en la puerta, empecé a masturbarme. Entonces volvieron las caras del principio, todas presentándose ante mí en fractales. En ese momento caí: eran los chicos con los que había tenido sexo en la adolescencia. Los recuerdos me llegaban en flashes, uno tras otro. La foto que empezó a pasar por todo el colegio de mis piernas arrodilladas en el lavabo y cómo me identificaron por mis zapatillas, los vídeos que me grababan sin pedir mi permiso, los chicos con tres pelos en el bigote que me rodeaban por detrás en los casilleros y gritaban «¡La Papeadora!». Unos golpes en la puerta interrumpieron las visiones. Dakota quería saber cómo estaba. Le conté lo que me estaba pasando, me abrazó por un buen rato y se limitó a decir: «La ayahuasca te da lo que necesitas, mi amor, no lo que estás esperando».

Tras la noche más extraña de mi vida, Alma dejó de aparecer en todas partes, y pude volver a dormir. La ayahuasca había cumplido su cometido. Pero ahora tenía una nueva obsesión: cada vez que cerraba los ojos veía sexo. Sexo en las neveras de congelados, comprando los palitos para España, mi pájaro. Me masturbaba compulsivamente, aunque solo me aliviaba por unos minutos. No quería tener sexo, ni con Genaro ni con nadie. La cosa iba conmigo. Era como si ese té con sabor a levadura salada hubiera sido capaz de abrir la puerta a todos los recuerdos que hasta ese momento había conseguido olvidar a través de las dietas. Y no solo eso, sino que mi impulso sexual era el mismo que cuando era una adolescente.

Genaro se había ido un mes a México por trabajo. Quedamos los de siempre para ver la Superbowl en casa de Dakota, aunque nos olvidamos de encender la televisión. Estábamos de sobremesa después de la barbacoa en el jardín, y Linus empezó a preguntar cosas como «Por cuánto dinero comerías únicamente arroz todos los días de tu vida». Linus siempre preguntaba esas tonterías, y forzaba la cuestión tan lejos como podía. Otra de las preguntas fue «Por cuánto dinero serías una *cam girl*». Yo no tenía ni idea de lo que era una *cam girl*, una mujer que se desnuda enfrente de la cámara por dinero. Al día siguiente, seguía con la idea en la cabeza, y me puse a investigar. Leí muchos testimonios de mujeres por internet. Me dieron ganas de probar.

Coloqué mi portátil de tal forma que en el fondo solo se viese el cuadro de Marshalls que rezaba: *The cure for anything is salt water: sweat, tears or the sea.* Era un hombre argentino, con bastante sobrepeso. Me dijo que estaba un poco nervioso porque era la primera vez que probaba ese servicio. Le contesté que ya éramos dos. Me quedé en ropa interior, hablamos hasta de los gauchos y los asados y fue pasando el rato. En cuarenta minutos había ganado ciento setenta y cinco dólares. Colgamos y conecté con otro. Cada vez me sentía más cómoda para hablar menos y enseñar más. El primer día gané mil setecientos. Delante de la cámara me quité muchas cosas, pero nunca la alianza ni el anillo de prometida. Y nunca se trató de un olvido, en absoluto.

Durante todo el mes que Genaro estuvo fuera y trabajé de nueve a cinco de *cam girl*, mi vida era la misma: iba al gimnasio a las siete de la mañana y a las seis de la tarde. Seguía yendo a Whole Foods a comprar comida orgánica, asistía a mis clases de piano, de inglés y de ukelele, seguía lanzando deseos a los desfavorecidos en los semáforos en rojo.

Sin embargo, algo imperceptible a la vista se estaba transformando. Por primera vez empezaba a sentirme bien con mi cuerpo. Por ejemplo, en los aparcamientos, ya no andaba del revés en dirección al coche para que no pudieran verme el trasero, horriblemente grande.

Conocí a hombres increíbles. Si notaba una sensación rara o me pedían cosas que no me gustaban, les bloqueaba, y pasaba a la siguiente llamada. Siempre rechacé con gratitud las propuestas que me hacían para conocerles en persona.

Esa piedra preciosa no podía ser tocada por nadie, pero todos podían verla. Sentí el poder del deseo. Encontré en el *camming* algo que ni la hipnosis, ni la regresión, ni cientos de terapias me habían sabido dar: confianza en mí misma para aceptar mi imagen. No pensaba que esos hombres estaban siendo infieles a sus parejas. De hecho, siempre que me dejaban, intentaba ayudarles a mejorar su relación. Me sentía conectada con Dios. Él quería que yo amase a Genaro, y así hacía. Solo a él le daba lo que el resto de los hombres querían de mí.

Mi puntuación estaba por los cielos. Me convertí en «The Latina Queen of Squirting», sin ser yo latina. Había vuelto a ser la reina, como en la universidad. Ganaba cantidades indecentes de dinero.

Nunca le escondí nada a Genaro. Tomamos unos votos al casarnos, y yo los cumpliría hasta el fin de los días. Nada más llegó de México se lo conté todo. Vi expresiones en su cara que nunca había visto. Lo encajó fatal. Le propuse ir a ver a un cura a contarle el efecto sanador que estaba teniendo en mí, y lo bien que iría para la relación. El cura se limitó a enumerar los valores de la Iglesia y a sentenciar que mis prácticas los contradecían. Ahí me di cuenta de que estaba sola con Dios, sin Iglesia ni marido que me apoyara. Así que le pedí que me dijera si estaba haciendo lo correcto. Solo una señal haría falta para sanarme. A la mañana siguiente, cuando empecé a hacer *camming* con un cliente, al otro lado de la pantalla apareció Alma, con una expresión de amor y de comprensión infinita.

Pasaron varios meses de silencios hostiles entre Genaro y yo, alternados con cuchillos en forma de palabra. Intentó aceptarlo, pero no fue capaz. Entre lágrimas me pidió que me fuera de casa. Una discusión acabó revelando que el verdadero motivo por el que quería separarse era que estuviera ganando más dinero que él. En su libro de sueños, nada de esto estaba escrito. Se lo perdoné todo y reservé una habitación en el Sunset Tower.

Estaba destrozada, pero Dios estaba conmigo. Investigando por foros, me informé de que lo mejor para recibir dinero era cobrarlo en bitcoins y convertirlo en dólares. Una web enseñaba seis pasos fáciles para sacar ese dinero de cualquier cajero. Días más tarde fui a comprarme unas nuevas mallas de deporte en lululemon. No me pasaba la tarjeta. Fui al banco y me informaron de que todo mi dinero había sido transferido a una cuenta en Cuba.

¿A quién iba a acudir en auxilio? ¿A mis padres, que ni siquiera sabían que mi marido me había echado de casa? ¿A Dakota, la culpable de todo aquello? Tenía treinta años y estaba sola en el mundo.

El centro comercial Walmart era conocido por dejar aparcar gratis durante la noche. Todo el mundo con quien me crucé fue muy amable, se notaba que estaban acostumbrados a dormir ahí. Los centros comerciales siempre habían sido mi refugio. Para dormirme pensé en Alma, en Genaro, en mi padre, en Las Rozas, y en las cookies del Starbucks. Y agradecí saber que pronto estaría soñando.

Los primeros días iba a ducharme al gimnasio, ya que lo tenía pagado hasta fin de mes. Nadie te cuenta que lo peor de ser un sintecho es el aburrimiento. Me planteé pedir ayuda a una iglesia. Pero si la Iglesia no me quiso cuando estaba brillando, no me iba a acoger cuando me encontraba en la miseria.

Una mañana, con la primera luz, caminaba a la sombra de los jacarandas cuando me fijé en una señora que me miraba desde el coche con la ventanilla bajada. Estaba parada en el semáforo. Su aspecto me recordó a las señoras de Las Rozas. Justo antes de arrancar y desaparecer por la avenida, leí en sus labios «God bless you».

LOS CAMBIOS SON OTROS

El algoritmo lo supo antes que mi familia y mis amigos. Desde entonces, todas las stories donde aparecen bebés son las primeras. Todos los anuncios de Instagram son sobre lo mismo.

Pero yo sigo pesando cincuenta y cinco kilos y bebo champagne. Los cambios son otros. El tiempo, por ejemplo, se ha transformado. Cada mes es una oportunidad para recuperar lo que perdí. A menudo me encuentro pensando en el ciclo de la luna y de la mujer, y cómo los meses son solo un artefacto que se adapta, sumiso. Pero por ahora mis meses terminan de la misma forma en la que terminaste tú.

Otra sutil transformación: la app Clue con la que venía apuntando mis reglas desde hace años no me dio la opción a poner lo que había pasado. Una genera apego hasta con las apps del móvil. Había llegado el día de dejarla ir. Ahora uso Flo, una app mucho más completa, con un chat secreto donde las mujeres pueden compartir su testimonio. Cuentan que sus úteros han conocido de todo: la pared que los recubre ha llegado a medir cuarenta centímetros, han transformado la materia, han sostenido criaturas con corazones que no latían. Ahí sí que se habla de las cosas invisibles.

FRENEMIES

Al primer vistazo, no la vi. El resto de alumnos estaba de pie, hablando en corrillo, mientras sonreían y movían sus cabezas al unísono. Otros acercaban los móviles para seguirse mutuamente en TikTok activando Bluetooth, sin apretar ningún botón. Me pregunté si no se trataría del típico curso vacuo en contenido en el que la gente solo se apunta para hacer networking.

El taller se llamaba «Aprende a hablar TikTok», como si la app fuera un nuevo idioma. Había llegado a él a través de un anuncio que me había salido en esa misma aplicación. El algoritmo lanzándome una indirecta. Se trataba de un intensivo de un día, la primera parte estaba dedicada al uso técnico de la app y la segunda estaba enfocada a la práctica. Los alumnos, con la asistencia de la profesora, haríamos algún trend, como bailar una coreografía en pareja, o leer el tarot en TikTok.

Una chica de unos veinte años que hablaba serpenteando las eses tomó la palabra y nos invitó a sentarnos en las hileras de sillas. Llevaba una peluca azul de pelo liso largo, tacones de *pole dance* y unas prótesis en las orejas que imitaban las de un duende. En su camiseta de tirantes ponía JUICY COUTURE IS DEAD en letras góticas. Se presentó diciendo que era un troll de internet y también nuestra profesora. Mientras nos contaba su trayectoria virtual, un grito de niño hizo que me girara hacia las últimas filas. Es entonces cuando vi a Frenemy, grabando un tiktok de la clase.

Sentí una punzada en el corazón. La última vez que la había visto se iba a vivir a Los Ángeles a «recoger premios». Eso había sido ocho años antes. Estaba de vuelta en Barcelona, y no debía de haber recogido tantos premios, ya que en ese caso no estaría ahí.

«La primera norma de TikTok es que Todo el Mundo Habla sobre TikTok», dijo la duende. Y la gente comenzó a reír por la referencia. Empecé a sentir un súbito arrepentimiento; podría haber pagado a mi sobrina para que me diese una tutoría en unas horas, y no estar perdiendo la mañana, y además reencontrándome con Frenemy.

Curiosamente el intensivo era en el antiguo Top Studios, un hangar del Poble Nou donde había coincidido con Frenemy en sesiones de fotos para marcas que ya no existían.

Desde entonces todo había cambiado. Yo me había ido a vivir a los suburbios, iba pagando la hipoteca que firmé en la época dorada, tenía la compra del súper programada mensualmente, la despensa siempre estaba completa, ponía el árbol de Navidad con los adornos reutilizados año tras año. Me iba pareciendo peligrosamente cada vez más a mi madre, en su tendencia a ver señales en todas las cosas. El mundo está plagado de mensajes subliminales diciéndote lo que toca hacer a cada edad, y yo me había dejado llevar por ese río.

Estudié Ingeniería de Puentes y Caminos. Convertirme en influencer se dio sin un plan establecido. Mi familia venía de la industria textil y a mí me apasionaba el juego de la moda. Cada día podía ser una persona distinta, crear una energía nueva y desecharla en el momento en el que me cambiaba de ropa. Al poco tiempo de compartir mis looks en la red ganaba más dinero en un post promocionando una marca que durante un mes trabajando de sol a sol en una consultoría como Indra, donde es muy probable que hubiera terminado a raíz de mis estudios, ya que en ese momento no se construía nada.

Nuestra generación había empalmado una crisis tras otra: primero llegó el crack de Lehman Brothers cuando estábamos en la universidad, después el COVID y finalmente la caída de Instagram. Éramos la generación busca-trufas, sabíamos encontrar oficios donde otros solo veían hobbies.

Instagram se había convertido en un centro comercial en el que sacabas la tarjeta de crédito sin siquiera darte cuenta. No solo eso, sino que nuestras amistades se habían fraguado ahí, el sentido de nuestra propia identidad y nuestro lugar en el mundo dormía en esa app. Y ahora nos habíamos quedado huérfanos.

Pero TikTok era otra cosa. Su uso era demasiado complicado hasta para nativos de internet como yo. Ni mis amigos realizadores de vídeo sabían utilizarlo de forma intuitiva, y los códigos internos se me escapaban por completo.

No me arrepentí de haber sido influencer, incluso cuando eso terminó con la caída de Instagram. Sí me arrepentía de lo que pasó con Frenemy. Me costaba concentrarme en lo que la profesora duende nos contaba. Aprovechaba cualquier ocasión para girarme y mirarla con disimulo. Por lo que podía ver desde mi silla, parecía haber ganado peso y no llevaba ninguna prenda de Chanel, como solía hacer en los tiempos en que la casa la esponsorizaba.

Frenemy fue un símbolo de una época que ya no existía. El círculo de amigos al que pertenecíamos se había erosionado, todos habíamos terminado casados o enfrentados entre nosotros. Los bares en los que nos juntábamos estaban cerrados. Tampoco podía seguirle la pista por internet, ya que ni siquiera las redes por donde nos seguíamos existían ya.

No fue hasta pasados un par de años desde la caída de Instagram cuando asumí de forma definitiva que Frenemy había sido el motor que hacía que yo siguiera impulsando mi carrera. Cuando veía que ella había colaborado en una campaña mundial con Yves Saint Laurent, yo me atrevía a tener una llamada incendiaria con mi agente para pedirle explicaciones sobre porqué todavía no habían salido a la luz las fotos de la campaña de Valentino. Cuando lanzó su marca de cosméticos, yo lancé la mía de accesorios de casa y de mascotas. Frenemy me sacaba del miedo y la pasividad. Dicho de otro modo: había personificado el capitalismo en Frenemy.

Ahí estaba ella, a unas filas detrás de mí. Era el primer día de colegio y yo me había encontrado a mi enemiga de la guardería. Ahí estábamos, dos idiotas aleladas en un taller de sábado, tragándonos nuestro ego al asumir que no sabíamos utilizar esa estúpida, grotesca, desdeñable y mezquina nueva app. De repente no éramos tan listas, ni tan linces virtualmente como nos habíamos creído, aunque nos creyéramos que nuestras cabezas estaban amuebladas para la tecnología, y hubiéramos tenido móvil e internet desde los trece años. El centro se había desplazado.

La profesora duende iba pasando las páginas del Keynote con el mando a distancia, mientras insistía en que nadie tomara apuntes. Recordé ese meme con dos tumbas de madera exactamente iguales, en la que en una pone «persona con éxito» y en la otra «persona sin éxito». Frenemy y yo habíamos acabado en el mismo lugar, sin siquiera una tumba de diferencia.

Un cambio en el tono de voz de la profesora me sacó de mis pensamientos. Había llegado el momento de hacer un trend de baile, y sería en pareja, ya que estos eran los vídeos que conseguían más engagement. Los grupos se formarían en orden alfabético. Se me heló la sangre. Nuestros nombres iban uno después del otro, así que era probable que nos tocara juntas. Empecé a ordeñar mi cerebro para dar con algún nombre que pudiera existir en medio del tremendamente escaso espacio entre Florence y Frances.

Pero de pronto, en ese instante, tuve una iluminación. Quizá esa coincidencia estaba pasando para enmendar mis errores. Si hubiera cooperado más con Frenemy, si hubiera sabido ponerme por encima de nuestra rivalidad, quizá no hubiera arrastrado el malestar de toda esa época. Había malgastado los años dorados de mi carrera compitiendo con una pobre mujer que solo estaba intentando buscarse la vida, como yo. Quizá ese encuentro estaba destinado a que empezáramos de cero, sin la competencia generada por un sistema que en última instancia nos lo había quitado todo para su propio beneficio.

La duende empezó a leer el nombre de las parejas en su Ipad: Andy y Amadeus, Blanca y Brays, Carla y Camila, Frances y Florence-Telmo, Gerardo y Guillermina…

¿Florence-Telmo? Telmo no era su apellido. Tal vez se había puesto un nombre compuesto para darle un giro a su identidad. Seguro que se trataba de alguna nueva moda que a mí se me había escapado. Siempre tan lista…

La gente se fue levantando de las sillas para reunirse con sus parejas. Algunos no reconocían a la persona que le había tocado y se iban señalando de forma incómoda y preguntando por el nombre. Yo no tendría ese problema. Me dirigí al fondo de la clase para reunirme con ella. Mis pasos eran ligeros, por primera vez en nuestra historia, yo sonreía de forma sincera. Mi corazón estaba limpio, y sentía que el suyo también.

—Hola, Florence —le dije, y sin darle margen a otra cosa, le di un abrazo de los de verdad.

Me fijé en que se le habían creado nuevas arrugas en la frente. Olía a Chanel Noir. Ella siempre había usado Chanel Chance. Un cambio lógico que demostraba el paso a un tiempo más maduro, pensé.

113

De pronto, clavando sus ojos en los míos, con una media sonrisa que yo había olvidado hasta ese mismo instante, Florence me dijo:

—Oye, yo estoy aquí acompañando a mi hijo Telmo que está obsesionado con TikTok. No te importa hacer el trend con él, ¿verdad?

GRETA

Greta es un perro salchicha de pelo largo dorado. Cuando mi novio y yo le pusimos ese nombre nunca pensé en las veces que lo pronunciaría. En el momento en que decides tener un perro no piensas en esas cosas. Piensas en lo de sacarle a pasear tres veces al día y te da un poco de bajón. Pero eso acaba siendo insignificante; lo que te acaba pasando son otras cosas. Tu forma de hablar cambia un poco, por ejemplo. Cuando se activa mi momento de ternura con humanos les acabo hablando igual que a ella. Les llamo «bebé», «ratita», cosas impensables para mi vida antes de Greta.

Hablo a mi perra como hablaba a mis muñecas de cuando era pequeña. Mientras ella hace sus cosas normales de perro yo le cuento mi día, tengo un mundo de fantasía con ella en el que solo interactúo yo. Greta escucha sin hacer ninguna pregunta ni entender nada de lo que le digo. Greta no necesita entenderme para quererme.

Se despierta a las ocho de la mañana cada día y se sube a la cama para despertarnos con sus lametones. Es muy fiel a sus horarios. Luego se queda entre nosotros dos y se vuelve a dormir un rato más. Si intercambiamos alguna palabra, vuelve a lamer. Si no hablamos, no lame. Nos roba un calcetín y mi novio le pide que no se convierta en un cliché.

Siempre que la llevo al parque, alguien me cuenta que tuvo un perro que se llamaba Greta pero que ahora ha muerto. Y ahora siempre tienen otros perros con nombres muy distintos. Otra cosa que suele repetirse es que cuando voy por la calle y nos cruzamos con algún niño, siempre gritan: «¡Es un perro salchicha!». Nunca ningún adulto ha gritado eso al verla. ¿Será que solo la ven los niños?

Sus ojos brillantes como los de los dibujos manga tienen un imán para los paseantes. Pero Greta es de la mafia italiana: en su universo solo existe mi familia y la de mi novio. Cuando se pone panza arriba moviendo la cola modo parabrisas significa que estás en su camorra para siempre. Si no lo hace, olvídate de ella.

Cuando se queda sola, se le cierra totalmente el estómago y no come nada hasta que nos oye llegar. Cuando entramos a casa, se pone a comer. Eso de que todas las emociones residen en el estómago es muy cierto para Greta.

Sufre todo el rato. Su ideal de vida es estar conmigo siempre. Lo de la soledad no lo lleva bien. Si estoy fuera de casa mucho rato se sube a la mesa y lo hace encima de mis papeles.

Fuimos a buscar a Greta a Alsacia por un anuncio de un señor que no sabía usar el correo electrónico. Haberla apartado de su familia se me hace muy extraño. Pero ahora Greta está aquí. Y esa forma de seguirme a todas partes y de sentarse a mi lado mientras estoy en el váter me hace confirmar que su vida es esta. No mira a ningún otro lugar.

Me pregunto cómo debe de procesar que mi móvil me acompañe siempre. Seguro que los perros del futuro ya llevarán en sus genes la habilidad de posar cuando vean a ese aparato interponerse entre sus amos y ellos. Por el momento, Greta sabe apartarlo con su hocico para imponerse y conseguir mi atención.

Hace unos años la llevé al veterinario porque todavía no le había venido el celo. La veterinaria se rio un poco de mí. «Greta es pequeña todavía, no hay nada de qué preocuparse». Creo que proyectaba en ella mi inquietud sobre mi propia fertilidad. Proyectamos todo el rato. Cuando le cambié el pienso al de adulto me puse un poco triste; la infancia dura poco para todo el mundo. La lata de pienso colocó a Greta en la categoría de Perros Toy por su peso. Greta pesa tres kilos pero no por eso merece que la llamen así. Greta no es un juguete.

Un día fuimos al parque y comenzó a ladrar sin parar porque vio a dos personas escondidas detrás de unos arbustos. Yo no me había enterado. Más tarde una amiga vino a casa, me dio una palmada en el brazo de forma efusiva y Greta empezó a ladrar porque creía que me estaba pegando. Se me desgarra un poco el corazón cuando la veo tan pequeña, defendiéndome siempre.

Pero lo que nunca he contado sobre Greta es que una tarde de agosto le di la mitad de un panecillo de Viena. Al cabo de un rato me encontré ese mismo trozo encima de la silla en la que me disponía a sentarme para comer. Más tarde lo vi en el sofá. No entendía por qué Greta iba moviéndolo de sitio en vez de comérselo. Esa noche al acostarme me fijé en que Greta se pegaba a mi barriga, en vez de dormir en mis pies, como siempre hace cuando las temperaturas son tan altas. Desperté en la madrugada para ir al baño y vi que había roto aguas. Al volver a la cama Greta me estaba mirando con sus ojos negros en la penumbra y vi el panecillo en mi hueco de la cama.

04/08/2021

La Unidad de Cuidados Intensivos de Neonatos se encuentra en la segunda planta del hospital. El paritorio está en la tercera y las madres se recuperan en la cuarta. La luz es tenue, casi inexistente, para no molestar a los bebés. Hay una ventana corta a lo ancho de la pared donde se pueden ver las ramas más altas de los árboles del jardín del hospital. Es obligatorio hablar en voz baja por el bienestar de los bebés. Se oyen pitidos constantemente de las máquinas que rodean cada incubadora. A menudo estas alarmas se mezclan con nanas a lo lejos. El resultado de estos dos sonidos juntos es desconcertante. Hay unos casilleros donde los padres veteranos escriben el nombre de su bebé. Aquí solo existen «Papás de», no se dirigen a los padres con su nombre real. Una de las enfermeras ha escrito en mi botella de agua «Mamá de Cloe» y la ha dejado en el cajón debajo de su cuna. Yo no soy la mamá de Cloe. Aunque tampoco sé lo que soy ahora mismo.

Es agosto en la ciudad. Se nota por las conversaciones de las enfermeras en la mesa de los ordenadores. Hablan de sus vacaciones en números y coinciden en las ganas que tienen de empezarlas. Este mes hay doce bebés en la Unidad de Cuidados

Intensivos. Los primeros días entrábamos los dos, ahora solo yo. Me he enterado de que solo permiten entrar a ambos padres cuando la situación del bebé es crítica. Así que ahora que Cleo se está recuperando de la operación, P. se coloca fuera en el pasillo sentado justo en la separación entre dos cortinas que cubren la pared acristalada. P. no puede hacer nada y aun así se queda sentado en el suelo del pasillo del hospital para estar cerca de nosotras. Supongo que estamos siendo una familia.

—Baja el papi y el bebé —avisa una enfermera.

Si ha bajado solo el papá con un bebé diminuto en las manos y la ropa de quirófano puesta es que el pronóstico de la madre no es bueno.

Hay tres turnos de enfermeras. En cada cambio se cuentan el estado de los bebés. Los primeros días oía el nombre de mi hija y no entendía por qué hablaban de ella. Creía que algo muy grave le estaba pasando. Aquí los padres no se hablan, se saludan solo si han cruzado la mirada por casualidad. No deberíamos estar viendo esas escenas de otras familias separadas por una incubadora. Es una intimidad ajena a la que accedemos sin querer. Así que el suelo es el pasillo para los ojos.

Madres con barrigas de embarazada, vías en un brazo y la pulsera del hospital en el otro limpian la baba de sus bebés con gasas, los colocan en sus brazos y les hablan. Se están conociendo en la Unidad de Cuidados Intensivos. Cuando las madres bajan por primera vez a ver a su bebé te saludan, te sonríen y te dan la enhorabuena. Todavía van bajo el efecto de la oxitocina y los anestesiantes. Al día siguiente ya han entendido los códigos, que aquí nadie se saluda ni se da la enhorabuena. Cuando una madre recién llegada me la dio a mí, tardé unas milésimas de segundo en saber por qué me estaba felicitando.

A medida que pasan los días, hay instantes de complicidad no buscada. Cleo se tiró un eructo enorme y la mamá de Alejandra y yo nos sonreímos. Un eructo aquí abajo es un regalo para la madre. Significa que es un bebé de vida, lo que todo progenitor desea en esta unidad.

Joaquin es el más problemático de los doce que hay este mes de agosto en la Unidad de Neonatos. Las enfermeras dicen que les está dando el mes. Es prematuro, ha pillado algún tipo de bacteria que le hace tener apneas. Deja de respirar, está entubado y monitorizado. Cada vez que se pierde la respiración, máquinas encienden la alarma y seguidamente se oyen gritos secos de sus padres. Cuando vuelve a respirar, la madre apoya la cabeza en el hombro del padre. Le reza lecturas de la Torá en voz baja, solo se las está leyendo a su hijo. Antes de irse, deja una oración en su incubadora.

Hoy ha bajado un bebé de 3,659 kilos con líquido en el pulmón pero ha podido subir a la habitación con su mamá el mismo día. Olivia pesa 660 gramos. Olivia ya pesa 660 gramos y sus padres lo celebran. Nació con 330. Googleamos cuál es el peso mínimo para nacer. La incubadora de Olivia está totalmente cubierta de una tela de algodón con motivos infantiles y unos agujeros para que los sanitarios puedan pasar las manos. Nunca la hemos visto.

P. y yo nos pasamos los días inventando los diálogos de Cleo diciendo que no quiere estar ya más con los «neonazis». Es significativamente más grande que todos los demás y con frecuencia tenemos que recordar a las enfermeras que nació en la semana cuarenta, que no está aquí porque es prematura.

He oído y oiré cientos de veces lo que le ha pasado, el término médico y los tecnicismos, pero me quedo bloqueada cuando tengo que explicárselo a alguien. Yo lo que entiendo es que a ambas nos han operado de la barriga. Que nuestra separación ha supuesto dolor y anestesia para las dos. Yo lo que entiendo es que el cuerpo de Cleo quiso persistir ante nuestra unión, que romper ese vínculo no se dio de forma natural en ella. Y supongo que en mí tampoco.

Hemos deducido que los números con dibujos infantiles que hay en el cabezal de algunas incubadoras corresponden a los meses que los bebés llevan en la unidad. Conforme el bebé mejora, van cambiando el tipo de cama. La enfermera les anuncia a los padres de delante que van a cambiar la cuna a su bebé. La madre señala la de Cleo y pregunta: «¿Igual que esta?». La enfermera la observa y responde que no, que una más avanzada. Cada semana cambian la ubicación de las cunas. Quizá para que los padres noten algo distinto. Poco a poco van colocando la cama lo más cerca a la puerta de salida, hasta que llega el día en el que se pueden ir de aquí.

¿Cómo debe de ser irse a casa a los dos días después de haber dado a luz? ¿Cómo debe de ser dormir con tu bebé en la misma habitación del hospital? ¿Cómo debe de ser no saber que existe esta unidad?

Al mediodía, P. y yo salimos a comer. Damos vueltas por el recinto del hospital y descubrimos que una comunidad boliviana juega al vóley cada día detrás del edificio. Para el resto del mundo hace calor, es agosto y se está terminando el verano. Hoy nos acabamos el postre en el jardín del hospital. Le ofrezco mi muffin a unas palomas hambrientas. En el parque vacío de la clínica, bajo el calor sofocante de agosto, me pregunto si hoy se ha marcado un tipo de ecuador en mi vida en el que he visto necesario alimentar a una paloma de la calle.

Tengo que aprender a amamantar en esta unidad. Para diferenciarlos, hemos llamado a mis pechos *Cookies and Cream*. *Cookies* es el que tiene una peca. Cleo prefiere *Cream*. Muchas de estas madres tienen más hijos. Son las que llegan tarde y se van pronto. Las veo en el parque al mediodía paseando con el padre y la hija mayor, a la que le dicen adiós arrodilladas en el asfalto antes de entrar a la unidad.

Veo cómo se sacan leche. Se sacan muchísima leche. A mí se me cortó la subida y hay días en los que tan solo saco cinco mililitros por toma. De todas formas, tengo que dejar el tarro en el lugar indicado con la fecha y el nombre de mi hija, al lado de recipientes rebosantes de leche. Lo llaman el «oro líquido» y, según las enfermeras, hasta una gota basta.

Se acercan y me preguntan cómo voy con lo de la leche. De repente lo que saco es muy importante para ellas. Me cuentan con pesadumbre que como mi producción de leche y la cantidad que Cleo está tolerando por boca no se corresponden, vamos a tener que darle fórmula. Si mi cuerpo no lo consigue, no le podré dar oro a mi criatura. Poder dárselo sería una buena manera de saber lo que significa ser madre.

—Está haciendo de canguro, ahora no puede subir.

La enfermera cuelga y comenta a la de al lado que preguntan por la «mamá de Cleo». Las enfermeras de neonatos tienen una pelea con los ginecólogos de arriba, que velan por la salud de las madres. Quieren propiciar que pasen el máximo tiempo posible en la unidad. Pero por otro lado me pregunto si la expresión «hacer de canguro» de mi propia hija tiene algún tipo de sentido. Si yo no estuviera aquí, un grupo de enfermeras cuidaría de Cleo. No soy imprescindible. Para ellas, lo que me hace imprescindible es la leche que mi cuerpo tiene que generar y que no genera en las cantidades que se me exige.

La enfermera y P. me ayudan a coger a Cleo en brazos sin desconectar todos los cables. Me quedo mirando por la ventana. P. me llama cotilla porque cree que estoy poniendo la oreja para escuchar la conversación de las enfermeras. Pero lo que no le digo es que estoy mirando las hojas de los árboles moverse porque ahí es el único lugar donde veo a Dios.

Horas después de que la operaran, el cirujano entró en la habitación. Había conseguido dormirme dándole la mano a mi madre, tras estar más de cuarenta y ocho horas despierta. Nos cuenta que nacer es lo más traumático y doloroso que le pasa a una persona, mucho más que morir, y que por eso no nos acordamos. Que además ella lo pasó mal al nacer, que nació cansada por un parto demasiado largo y duro y justo luego hubo que operarla.

Este dolor, esta experiencia dolorosa, es solo mía. Ella no la recordará. Y así tiene que ser. Igual que nuestro nacimiento solo vive en el recuerdo de nuestros padres. Como si existiera un trasplante en la posesión de nuestra misma vida: nuestro nacimiento no es nuestro, sí lo es el de nuestros hijos.

Me dejaron ir a verla antes de la operación. Cuando P. me bajó a neonatos en silla de ruedas no sabía cuál de los bebés era Cleo. Se la llevaron a las dos horas de tenerla en brazos tras su nacimiento. Es algo que me horroriza pensar. Que no supiera quién de todos ellos era mi hija.

La ginecóloga aceptó retrasarme el alta después de utilizar mis mejores súplicas y argumentos. Lo de tener el hierro bajo fue la excusa perfecta para conseguir quedarme más días en la habitación del hospital. Hubiera hecho cualquier cosa para conseguirlo y lo conseguí. Antes de salir de mi habitación, la doctora me dijo:

—Entiendo que quieras quedarte más tiempo, yo también soy madre.

¿Significaba eso ser madre?

P. y yo lanzamos buenos deseos en silencio a bebés que no conocemos cuando pasa el cardiólogo a oscultarles el corazón. Nos hemos adueñado de una silla de ruedas para poder tenerla al alcance cada vez que nos movemos de mi habitación a la unidad y negamos con la cabeza cuando nos preguntan si la hemos visto.

Los recién nacidos reconocen a sus madres por el olor, ya que todavía no tienen desarrollada la vista. Así que como no podemos estar juntas las veinticuatro horas, he dejado de ponerme desodorante aunque sea agosto y por las hormonas del posparto no pare de sudar. No sé lo que es ser madre pero no vas a tener ninguna duda de quién es la tuya.

PERROS ESPERANDO

Me metías piedras en el bolsillo cuando salíamos a pasear. Teníamos un calendario de Google compartido. Nos enviábamos fotos de perros esperando en la puerta de las tiendas cuando no estábamos juntos. Éramos de Yoigo. En Miami, nos hinchábamos a mochis de Whole Foods: tú vainilla, yo té verde. Sacamos el nombre de nuestra hija por la película esa de Sofia Coppola. Cada verano en Chipiona el retratista ambulante nos hacía un retrato. Intercambiábamos la molla por la corteza del pan. No usábamos puntos de interrogación cuando nos escribíamos. La primera noche que fuimos al campo juntos nevó. Solo algunas veces nos dio un ataque de risa en medio de una pelea horrible. Señalábamos al cielo a la vez cuando nos referíamos a Dios. Llevábamos Crocs con calcetines.

HERMANO MÍO

«SOS: Save Our Souls… Call Jesus. Cigarettes are not that tasty at 6 feet under. Better leave it unread than dead».

Me gusta Miami. Los paseos por Brickell Avenue para ver manatíes en el océano. Hoy ha venido toda la familia a la orilla, incluido el bebé manatí. Me gusta el paseo de vuelta por debajo de los árboles frondosos que parecen baobabs, pero no lo son. La irreverencia con la que crecen. De Miami, me encanta la superabundancia de agua que brota en cualquier lado, presionando para tener un lugar en el espacio. Me gusta el ruido de los aviones sobrevolando muy bajo, o quizá somos nosotros, que estamos muy alto. Los nombres de las zonas: Coral Gable, Pinewood, Sweetwater, Little Habana. El verde infinito y la seguridad de saber que, allá donde mire, veré palmeras agitadas sacudiendo el viento. Me gusta estar en la piscina y que, después de decir una guarrada en inglés, Ernie me tenga que recordar que no somos los únicos de aquí que hablamos ese idioma. Lo cubano se ve en todas partes si se quiere ver. Me gusta que la gente conduzca sin casco y que sea legal. Y por supuesto me encanta la misma palabra Miami, *tout court*, la vanidad y el deseo que transmite.

Desde que Ernie ha llegado a visitarme no he tocado el volante. Es increíble: llevo cinco años conduciendo por Miami, pero me reencuentro con mi hermano y volvemos a los patrones de siempre. Ernie, el buen conductor. Yo, la que suspendió siete veces el carnet de conducir y logró quedarse con el freno de mano en la mano.

Al menos así puedo fijarme en los carteles inmensos de la carretera. Estamos volviendo del Dolphin Mall. Lo he acompañado a comprarse polos Lacoste. Ernie me cuenta que en Europa no permiten que la publicidad sea tan grande ya que consideran que aumenta el riesgo de distracción al volante. Yo le digo que el Gobierno no debería decidir sobre qué distracción vale mi vida.

Con los años, Ernie se ha vuelto muy parisino. Muestra su desacuerdo a un argumento sacando los morros en forma de beso, lee a Proust en un libro de verdad, hace huelga por no sé qué de los sindicatos. Dice que yo me he vuelto muy gringa. Yo no lo creo, pero desde luego no le veo sentido a conducir con marchas, y no creo que el *finger food* sea tan guarro. No todo progreso es malo. Ernie y yo hablamos a menudo de las diferencias entre Europa y Norteamérica, eso nos permite llenar los silencios con temas neutros.

A Ernie también le gusta la vegetación de Miami. Toda esta carretera está rodeada de verde. Lleva por aquí unos días y se va mañana. Me ha dicho que le salía más barato hacer escala en Miami antes de coger el avión a Chicago. Dice que el motivo de su viaje es un nuevo delfín que acaba de nacer en el Shedd Aquarium, pero yo creo que sus motivos son otros. Creo que le preocupa que yo haya dejado de pelear.

Tantos años enzarzados en discusiones sobre quién se quedaba la casa de los Cayos de nuestra madre y ahora resulta que se ha hundido. Sucedió un mes después de que mamá muriera. Yo estoy convencida de que, desde allá donde esté, ella provocó el hundimiento. Así se aseguró de que dejáramos de pelear tras su muerte.

Pobre mamá. Lo único que nos pidió cuando estaba moribunda es ver a sus hijos en paz antes de morir. Nosotros seguíamos peleando a escondidas acerca de quién de los dos estaba más capacitado para cuidarla y tomar decisiones por ella. ¿Realmente queríamos cuidarla o conseguir fastidiar al otro?

Mamá era muy lista. Otra madre se habría creído que estábamos en buenos términos, pero lo que ella nos pedía era hacer las paces desde las aguas profundas. «Quiero que volváis a quereros como cuando metíais los pies en el agua caliente de la palangana», nos suplicaba. Creo que nunca me lo he pasado tan bien como esas tardes después del colegio, Ernie y yo desnudos, saltando en la palangana en nuestro balcón de Ciudad de México.

Llevamos cinco minutos parados en la 836 como dos idiotas con todo el tiempo del mundo. Lo que nadie te dice sobre un hermano es que no solo se tiene a uno. Y no me refiero a que haya amigos que son como hermanos. Yo me refiero a que existen muchos hermanos dentro de uno. Ernie y yo pasamos de arañarnos la espalda hasta sangrar en los viajes en coche, a convertirnos en los mejores aliados creando coartadas perfectas para irnos de *spring break*, a competir en la primera juventud cuando la realidad no se correspondía con nuestras expectativas, a discutir después por los escasos bienes que tenían nuestros padres, y finalmente a pelearnos por ellos, por sus recuerdos.

Ernie y yo no pensamos lo mismo de las mismas situaciones. Hemos vivido nuestras vidas en estéreo. Ante el mismo tablero, nuestras estrategias fueron opuestas. En un momento dado nos enrocamos, y no hemos salido de ahí.

Aunque a decir verdad, en lo profundo somos iguales. Nadamos bien en nuestra postura de desplazados sociales. Somos agarrados, gatunos, desconfiados y paranoicos. Nos gusta quedarnos en la visión analítica de las cosas, es nuestro escudo sofisticado.

Me encantan los cielos de Miami. Ahora está cambiando a rosa con destellos rojos y pronto llegará la noche. Hace un rato que estamos en silencio. Sabemos poco de la vida del otro. Él no sabe que me he separado. Yo sé que él sigue enamorado de su primera novia, aunque nunca me lo haya dicho. Ernie está resentido conmigo por haber sabido comprender a mamá más de lo que él pudo tras quince años de psicoanálisis. Yo lo estoy con él por poder moverse por la vida como los hermanos mayores, con su liderazgo innato, su creencia de cuna que les asegura que son el resultado de un amor más fuerte y transformador. La ilusión del primer hijo genera un tipo de intensidad irrepetible.

Cuando termina de adelantar a un autobús escolar, me advierte de que me toca revisar los frenos. No me gusta que me diga lo que tengo que hacer. Mi respuesta siempre es desproporcionada a sus palabras.

No sé de dónde me sale tanta furia y no siempre la he tenido. Cuando tenía unos siete años, alguien me preguntó qué quería ser de mayor. No dudé ni un segundo en contestar: quería ser secretaria. Soñaba con mi máquina de escribir, mi escritorio y mis bolis multi tinta. A nadie pareció importarle mucho mi respuesta, menos a Ernie. Pocas veces le he visto tan indignado. Me dijo que eso era inadmisible, que yo debía tener aspiraciones mucho más altas. Lo sentía genuinamente. Me pregunto quién le inculcó eso a él, ya que en aquella época lo normal era que las mujeres aspiraran a trabajos poco cualificados.

Lo que me dijo Ernie debió de resonar en mí, porque soy diplomática. He vivido en Senegal, en Qatar, y llevo diez años viviendo en distintas ciudades de Estados Unidos. Ahora quiero quedarme en Miami, ya no tengo fuerzas para seguir trotando.

Nunca le he contado a Ernie este recuerdo. No quiero que se crea que todo es gracias a él.

¿Cuándo bucearemos hasta las aguas profundas, Ernie? Apoyo mi antebrazo en la ventana y le miro desde el retrovisor mientras se lo pregunto, muda. Se han encendido las luces de Brickell Avenue. Estamos envejeciendo.

Al llegar al *condo* comentamos la cantidad de cuervos que hay encima de los capós de los coches estacionados. Creo que siempre se ponen ahí, pero no me había fijado. Ernie me explica que lo hacen para sentir calor en las patas. «Yo haría lo mismo», le respondo.

DOS TONTOS MUY TONTOS

Algo bueno de los traumas es que agudizan la memoria. El sufrimiento permite recordarlo todo: el olor, la luz, cualquier movimiento. De la escena en la que Ignacio me dejó, recuerdo todos los detalles: él esperándome sentado en su moto SH delante de la casa de mis padres y el sonido de su saliva bajando por la tráquea en la pausa que hizo antes de decir «Ya no siento lo mismo».

Tampoco he olvidado la intensidad de la luz de ese verano que lo impregnaba todo sin distinción, mientras me dirigía con el estómago vacío a lugares a los que no quería ir. El sol a mis espaldas era una imagen tórrida y desencajada del dolor de mi muñeca izquierda, algo que solo me pasa cuando me rompo por dentro. Ese verano hui a Londres a trabajar en un Starbucks, la coartada perfecta para distanciarme de un dolor que no entendía, al que tardaría años en poner palabra. Cada tarde visitaba el parque de Hamstead Heath, que me recordaría para siempre a *Blow-Up,* una película que le había recomendado a Ignacio y que le pareció horrible. En ese parque leía *Norwegian Wood* apoyada en el tronco de un árbol y no podía pasar de dos páginas. Cuando volvía a la habitación de la residencia miraba a ambos lados de la puerta por si me encontraba con Ignacio, que había llegado sin avisar a confesarme lo arrepentido que estaba de haberme dejado ir. La misma fantasía me persiguió durante todo el año siguiente cada vez que me encontraba en la puerta de la casa de mis padres.

La película preferida de Ignacio era *Dos tontos muy tontos*. El día de la gran nevada quiso ir a darme un beso pero no llegó a mi casa porque «la gente no sabe conducir por nieve». Un día le pregunté si creía en las almas gemelas. Me contestó que él era un simplón y que no se planteaba esas cosas. Le gustaba cómo me quedaba el casco Arai que me dejaba cuando íbamos a cenar sushi malo a algún restaurante del centro de la ciudad. Pero sé que le gustaba porque con ese casco jet abierto y la forma en la que se colocaba mi pelo yo parecía una chica burguesa más, una imagen que su subconsciente aprobaba.

Me enseñó a respirar con él debajo del agua mientras nos besábamos. A menudo me llevaba a rincones del Tibidabo donde se veía toda la ciudad. Yo me metía en su e-mail casi cada día y leía todos sus correos. En uno de ellos le comentaba a su hermano que le dolía el prepucio. Fue muy fácil adivinar la contraseña, era su marca de esquíes preferida. Merendábamos en Tutusaus y siempre pedíamos el mismo sándwich de atún. Los jueves cenábamos en una mansión acristalada en Pearson de los padres de su mejor amiga e Ignacio le recordaba al novio de ella la partida de squash que tenían pendiente. Después de las cenas en la mansión, hacíamos el amor en los asientos de detrás de su Golf Variant modelo familiar. Se empañaban los cristales y yo hacía lo de las manos de *Titanic*. Nunca he vuelto a hacer el amor, si eso significa decirse palabras dulces mientras alguien está dentro de tu cuerpo.

Un día, comiendo croquetas en el Polo, Ignacio me estaba consolando por algo que no recuerdo y un amigo suyo pasó por delante. Al instante dijo: «Mierda, te ha visto llorando». El qué dirán era más importante para él que mis sentimientos, pero ¿cuántos hombres me encontré después con tanta sinceridad? No fui tan yo con nadie como con él, y supongo que también fue su caso. Ignacio tenía un corazón sencillo. Su secreto más oscuro era haber escondido el reloj Patek Philippe de su abuelo cuando falleció porque era una forma de mantenerlo cerca y haberse callado cuando culparon a su cuñada de tal desaparición. Éramos dos galgos afganos lamiéndonos las orejas a la sombra de un arce. Fue la última vez que amé de esa forma.

Desde que me dejó, algo curioso empezó a pasarme con el tiempo. Cada vez que miraba la hora, los minutos siempre estaban en el 59 –las 10.59, las 16.59, etc.–. La vida me avisaba de que algo se estaba terminando. Cada vez era el último minuto de la feria.

Algo más se fue con él. Cuando me dejó, se llevó la promesa de normalidad. Se cerró esa puerta y se abrió paso la oscuridad. La oscuridad te encuentra un domingo por la mañana dormida y sola en los lavabos de una discoteca que lleva horas cerrada. Se posa en tu boca y apuñala con tus palabras a quien más te ama. La oscuridad hará todo lo posible para que nunca veas que te encuentras en ella. Cinco años después de que me dejara, me lo encontré en un avión de vuelta a Barcelona. Él volvía de una triatlón y yo de pasar un fin de semana en secreto con un hombre casado. Le dije que volvía de un casting. Mi carrera como actriz estaba empezando y tenía grandes esperanzas puestas en ella. Él había seguido el camino exacto que podía imaginarme. Sabía, por amigos en común, que llevaba años en una relación seria con una chica bien. Nuestros asientos estaban al lado del pasillo, el mío una fila antes que el suyo. Fui yo la que tenía que moverse para poder hablar con él, una vez más. Di por sentado que su novia le estaría esperando en el aeropuerto, así que cuando aterrizamos le pedí a mi hermano si podía venir a buscarme. Saliendo del avión, Ignacio me preguntó si quería que me llevaran. Siempre con sus modales por bandera, incluso para preguntar algo tan humillante. Mi hermano me vino a buscar con el Fiat Panda rojo de los noventa, el coche de nuestra familia. Otra cosa que Ignacio nunca hubiera entendido. Coincidir en un vuelo de media hora con quien pensaba que moriría y no volver a verle. Poco más supe de él. Un 1 de enero me puso un like en una foto en la que salía comiendo pizza en un Costco de Miami.

Había épocas, cuando mi corazón estaba ocupado con una nueva historia tormentosa, en las que Ignacio dejaba de existir. Pero volvía como las olas, sobre todo en sueños. Siempre que en la vida real me enfrentaba a un fracaso, Ignacio se colaba en esa escena mientras dormía. Me lo encontraba hablando con alguien que me acababa de hacer daño, o aparecía en el set de un anuncio que no había conseguido hacer. Y con el amanecer también despertaban las preguntas de siempre: ¿por qué me dejó realmente? ¿Había otra persona? ¿Se puede «dejar de sentir lo mismo» de un día para el otro? ¿En qué momento se había enterado de que la chica de apariencia burguesa venía de una familia todo menos normal, y que su forma de procesar la vida sería compleja y su ánimo desequilibrado? Nunca me dio ninguna explicación. Aquel 7 de junio se fue con su SH y todo lo que recibí a partir de entonces fueron respuestas monosilábicas, evasivas y omisiones.

Como actriz las cosas no me iban demasiado mal. Actué en tres capítulos de la serie *Servir y proteger* y gracias a los derechos de imagen de anuncios vivía aceptablemente bien. Mi premisa como actriz era que los personajes planos no existían. Cualquier papel que yo ganara, hasta el más extra de la escena más fútil, escondía un relieve que yo tenía que encontrar. Todo el mundo poseía peculiaridades y rarezas, y si no se percibían es porque como actriz no había hurgado lo suficiente. Si no había sabido ver las rarezas de Ignacio era porque no había estado lo suficientemente atenta.

Un día me dieron un papel secundario en un anuncio de Babyliss. Me pagaban el equivalente a la mitad de mi alquiler mensual. Cuando mi manager me pasó la *call sheet* no daba crédito: el anuncio se rodaba en el pueblo de veraneo de Ignacio. Cuando el conductor me dejó en la puerta supe de inmediato que se trataba de la suya, la más grande y ostentosa del pueblo. Me hice la curiosa con los productores y pude sonsacar que los propietarios no estarían mientras rodáramos.

Pasé los dos días del rodaje inquieta. Necesité varias tomas hasta que la directora lo dio por bueno. Terminamos de rodar justo cuando el sol estaba desapareciendo detrás de las montañas y la productora organizó una modesta cena de cierre en el restaurante dc la plaza mayor del pueblo. Cuando llegó la tercera ronda de copas, aproveché que los productores estaban entonados para fingir que me acababa de dar cuenta de que me había dejado la cartera en la casa del rodaje. Pedí las llaves y les aseguré que no hacía falta que me acompañasen.

Enfilé la cuesta que separaba la plaza mayor de la casa de Ignacio. Los hogares ya dormían en ese pueblo de interior. La única luz era la de las escasas farolas que iluminaban a gatos listos para cazar. En cuestión de minutos estaba sola en su cuarto. Los objetos de todos sus veranos al alcance. Me sudaban las manos, el corazón me latía deprisa.

Empecé por su mesita de noche. Unos Trident, una entrada para un campeonato de golf de Puigcerdà dcl 2012, unos cables de iPhone antiguos. Miré debajo de la cama: nada. Continué por los armarios. Ropa de esquiar, ropa técnica de correr, sus calzoncillos, todos del mismo color gris. Rebusqué en el fondo del cajón de la ropa interior y noté algo duro dentro de un calcetín. Era un Patek Philippe. Lo único de esa habitación que deseaba no ser encontrado era ese estúpido reloj y yo ya me conocía la historia, que no era nada del otro mundo. ¿Eso era todo lo que una vida entera de recuerdos y objetos podía contarme?

Todo, absolutamente todo lo de esa habitación, era normal. No había ningún juguete sexual que pudiera denotar alguna filia extraña, ninguna sustancia, ningún recorte de prensa sorprendente. Estaba en la casa de pueblo donde dormían todos sus veranos y ni rastro de la faceta desapercibida de Ignacio.

Me quedé sentada en el borde de la cama, con sus trofeos de campeonatos de esquí delante de mis ojos. Y en ese momento me di cuenta: me avergonzaba haber amado a un hombre tan mediocre, pero estaba loca por él. Había algo en Ignacio que aliviaba mi espíritu. Y nada tenía que ver con la promesa de dinero, de estatus o de apellido. Era una cosa mucho más etérea: la implacable normalidad de su mente, haber tenido una infancia simple y feliz, conservar a los amigos del pueblo en el que veraneaba desde pequeño, que le gustaran de verdad los deportes, que su hermana dentista se brindara a arreglarme gratis el diente roto. Estar en esa habitación era como haber saltado una valla espinosa y poder observar el paraíso perdido desde la indulgencia que ofrece la noche.

Ignacio había sido una apertura fugaz del telón que me había dejado ver que en algún lugar de este mundo oscuro se podía amar y vivir entre algodones. Y tan pronto como me pude asomar, se me prohibió la entrada. En ese instante, con el crujido que hace la cama de un niño usada por un adulto, me di cuenta de que esa mediocridad fue lo mejor que había conocido en la vida. De pronto la idea de que Ignacio tuviera un asiento vitalicio reservado en el paraíso me hizo arder. Él me había expulsado de ahí con una patada que ni siquiera vi venir. Así que antes de apagar todas las luces y cerrar todas las puertas, agarré el trofeo más pesado y amartillé el reloj.

DESTELLO

¿Has intentado alguna vez cerrar los ojos y recordarte mirando las pistas de tu colegio desde el pupitre de clase? Es septiembre y hay niños jugando a lo lejos. ¿O sentada en los muelles de North Cove Yacht Harbor en Manhattan, matando el tiempo de la tarde con veintidós años? Nunca en tu vida te has sentido tan sola. ¿O cuando corres por el paseo de la Bonanova porque papá ha tenido un accidente de coche? No das crédito de la rapidez con la que se están moviendo tus piernas. ¿O cuando P. se queda solo en tu casa cuando os acabáis de conocer porque le quieres impresionar con la mejor pizza de la ciudad y él te ha dado su tarjeta y el pin, aun acabándote de conocer? Estáis muertos de miedo y confiáis en el otro. Lo que quiero decir es que si cierro los ojos, siempre me encuentro con la misma persona. Me soltaron en el mundo y solo es a mí misma a quien volveré a ver.

QUERIDA LILY

Querida Lily:

Te escribo desde Casa Bendita. Los almendros ya están en flor. A veces en mis paseos robo algunas ramas de la casa que hay enfrente de la estación. Hago ramos y los coloco encima del piano de cola. Ahora en casa viven cuatro perros, cada año somos más. Les dejamos subir a la cama y duermen entre P. y yo. A Astro le atropelló un coche, así que a veces nos despiertan sus pesadillas, pero durante el día sigue en su modo «servir y proteger».

A Science el jardín le dio tres años más de vida, pero su enfermedad nunca remitió. ¿Recuerdas cómo llegó a casa, con los ojos y los dientes comidos por la enfermedad? Se chocaba contra el piano y le sangraba el hocico. Cuando me quedaba poco para salir de cuentas, empezó a angustiarme no poder cuidarla tan bien como siempre. Tuve que pedirle que se fuera en paz a donde pudieran cuidarla mejor. Ya no tenía sentido estar forzando tanto la vida en su estado. Solamente se lo pedí una vez, no te imagines que le insistí ni nada parecido. Pues, ¿sabes qué? Murió tres días después de que Roma naciera. La noche anterior, colocó su hocico encima del de su hijo, y se quedaron en silencio, inmóviles, bajo la luz de la luna de agosto. Casi la puedo oír, diciendo que prefería irse al otro barrio antes que perder privilegios por culpa de un bebé. Nunca dejó su actitud de señora venida a menos. El Día de Muertos pusimos mandarinas y su arsenal de pastillas entero en el altar. También las gasas con las que le limpiábamos sus ojos huecos.

En el jardín siempre están pasando cosas: alguno de los perros mató a una gallina y solo dejó las plumas, pero no llegamos a saber cuál fue porque ninguno tenía restos en la boca. Los jardines son lugares igual de hostiles e incomprensibles que el resto del mundo. Algún animal se estuvo comiendo los huevos durante un tiempo. Una noche, la luz del camino de entrada iluminó a un erizo y pensamos que habíamos encontrado al culpable. En verano las palomas vienen a refrescarse al estanque y algunas terminan muriendo de calor. Hay mucha muerte donde hay vida. También viven dos ardillas, que trepan por los árboles. Algunas mañanas ellas son lo primero que veo cuando abro los ojos.

Me he animado a plantar tulipanes, a pesar de que el momento de desplegar su belleza sea tan breve. Las flores, los niños y los perros son una buena excusa para no estar terminando mi libro. O quizá sean todo lo contrario. Algo seguro es que los tres se encuentran a un metro de nuestros pies.

Querida Lily:

Siento no haberte ayudado a encontrar tu zapato la noche de mi boda.

Esto es lo que quise escribirte el otro día, pero me resultó más fácil ponerte al corriente del jardín y los perros. Cuando me contaron lo de tu aneurisma estaba en un autobús procedente

144

de JFK y que entraba en Nueva York. Tan solo hacía una semana de mi boda. Dos meses más tarde pudimos ir a verte al centro donde te estás recuperando. Te vi de lejos en la silla de ruedas con Enrique sentado a tu lado en un banco, en un patio de tierra seca y otras sillas de ruedas. Pudimos intercambiar alguna frase. Repetías «Daniela» cuando no te salía la palabra que buscabas. Decías que el zapato era azul, cuando era blanco.

Todos tenemos una mirada. Surge de la suma de expresiones, de la forma de arquear las cejas, de los movimientos de la boca, de la frecuencia en el parpadeo. Cuando me acerqué a ti, lo primero en lo que quise fijarme fue si la tuya seguía intacta. Pensé que sí pero luego me di cuenta de que no. Mirabas de una forma distinta. La verdad es que solo querría hablar de esto contigo.

Querida Lily:

Hoy ha venido Paula con sus hijos a volar la cometa en la esplanada de hierba salvaje al lado del huerto. De pronto ha empezado a diluviar y nos hemos resguardado en la parra que hay en medio del jardín, donde celebramos mi cumpleaños el año pasado. Olía a tierra mojada y Paula les decía a los niños que respiraran bien hondo. Estaban exaltados y pensábamos que quizá tendríamos que pasar la noche ahí si la lluvia no cesaba. Jugaban a salir y entrar de la parra sin que les cayese una gota. Un charco para un niño es un billete de cien dólares en el suelo. Ha sido un día tan sencillo y tan bonito, Lily… Hemos aprovechado que dejaba de llover con tanta intensidad para volver a casa y he preparado leche caliente para todos. Cuando se han ido he pensado en ti de nuevo, en que esta es una felicidad que tus habilidades de ahora te permitirían vivir.

Te traje una planta de Florería Guadalupe. La verdad es que era la única que había porque acababan de abrir después de las vacaciones de verano. Sentí que regalarte una planta era mejor idea que una flor porque la asocio a algo más longevo, y que su duración es proporcional al cuidado, como te está pasando a ti. Cuando entré en la clínica, vi a tus padres de lejos. Un guardia me paró y me preguntó si la planta estaba viva. Me quedé medio perpleja por la pregunta, y mis nervios no me ayudaron. Tus padres. A los que les dijeron que su hija iba a morir. El guardia me tuvo que repetir la pregunta. Cuando se la enseñé, me dijo que no estaba permitido entrar con plantas que lleven tierra, que solo aceptaban flores muertas.

Me pregunto si no es Enrique quien tiene un aura de muerte. Lo siento, son cosas que pasan por mi cabeza. Es huérfano de padre y de madre. Él ha puesto en ti todo su ser y de pronto te ha pasado esto. Pero por otro lado pienso que no te has ido, que has conseguido quedarte. Así que no solo has ganado tú sino también él. Quizá Enrique haya revertido su destino de la forma más impredecible.

Querida Lily:

Hace dos semanas que llueve sin parar y el jardín lo agradece. La lavanda y la hierba están tomando tonos tecnicolor. Las fresas crecen sin control.

¿Que te pusieras a llorar en mi boda porque no encontrabas tu zapato plateado era signo de que estabas muy mal? Se dice que alguien va a explotar cuando tiene mucho estrés. Y a ti te explotó una vena en el cerebro. Quizá tu llanto era una primera alarma que yo no supe ver. Estos últimos tiempos se te veía abrumada por la casa nueva que os habíais comprado, por la hipoteca, por tu vida incumpliendo los plazos que tenías para ella.

Todo esto lo puedo ver ahora, pero nada era un señal suficientemente alarmante. La vida rebobinada cobra mucho más sentido, igual que las caras de los bebés: solo viendo cómo alguien es de adulto entiendes su cara de niño.

Y me vino a la cabeza lo que pasó en la boda. Cuando te vi llorando porque no encontrabas tu zapato. Alguien lo encontró, me lo dio y yo fui a entregártelo sin mirarte prácticamente a la cara. Me molestó que lloraras por algo tan insignificante el día de mi boda. Yo no pasé mucho tiempo contigo durante la ceremonia y la fiesta, como siento que no lo pasé con nadie en especial. ¿Las bodas son solitarias a fin de cuentas? Ni siquiera tengo una foto con mi madre y eso es algo que tampoco me perdonaré.

Querida Lily:

Hoy nos han dicho que ya andas completamente por tu cuenta.

He forzado mi memoria para recordar tus andares y me he acordado de la noche que volvimos caminando de esa discoteca tan fatal a casa de Manuela. Nos fuimos de ese lugar antes del resto del grupo. Ninguna de las dos quería fingir divertirse. Veíamos lo que el resto no veía, terminábamos las frases de la otra. Llegamos a casa y nos quedamos en la cama hablando hasta muy tarde, hasta que el resto del grupo llegó y volvimos a la frivolidad.

Al día siguiente conducíamos por esa carretera donde se veían los buques de fondo y decíamos que parecía Cuba. Te hablé de esa teoría mía de que si se conoce y se quiere a alguien desde hace tiempo, cuando le sacude el ecuador de la vida tenemos la responsabilidad de recordarle quién era antes de que llegara el dolor. No dijiste gran cosa, pero sé que me entendiste a la perfección. Siempre has sido un lugar de luz y calor.

Quedaban tres semanas para perder tu zapato.

Querida Lily:

El día de los buques de fondo fue el último que hablamos de verdad. Ahora entiendo por qué se me repite tanto la imagen. Hoy nadie nos asegura que volvamos a hablar como siempre lo hemos hecho.

Cuando les he contado a mis amigos lo que te pasaba, muchos no sabían quién eras. Intentaba describirte por lo que llevabas el día de la boda, con tu vestido rojo, el lugar de la mesa imperial que te asignamos al lado de Enrique, pero a nadie le sonabas. Esa también es una virtud tuya: tu energía tan poco invasiva, tan agua y tan luminosa. Desde lo ocurrido, me he dado cuenta de lo desapercibidas que pasan ciertas personas para el resto. Una vez leí que las personas buenas no se recuerdan y sentí una ira profunda. Creo que por eso escribo, para aniquilar esa frase.

Verano del 2019 siempre será la estación en la que me casé con P.

Y tú.

CAMINOS SALVAJES

Le gustaba leer las noticias de la isla en el periódico local. «La web para los tickets del jaleo bus sigue sin arrancar», «Se clausuran los lavapiés de la playa». Claro que también había noticias que la angustiaban, como la de dos motoristas en estado muy grave en el norte de la isla. Pero las ligeras le producían un tipo de alegría nueva.

Era su momento preferido del día: tomarse el café siempre en la misma panadería francesa. Luego iría a ojear lo nuevo de Céline, que ya tendría que haber llegado a la única boutique que recibía este tipo de piezas, y después pasaría por su librero de confianza, al que le había encargado lo último de Elizabeth Strout. Los libros llegaban desde el continente en tan solo dos días. Saludaba de lejos a los comerciantes, algo que nunca le pasaba en su ciudad, ni siquiera con la florista a la que le compraba flores semanalmente y con la que aun así nunca había sabido entablar una buena relación. Eran cosas que no comentaba con nadie.

Cada solsticio de verano decía adiós a su portero, Frank, con dos maletas Rimowa de aluminio y no se la volvía a ver en la ciudad hasta que los días se hacían más cortos y tenía sentido resguardarse del frío entre edificios y materiales gruesos. Frank la había visto despedirse sola, después con su marido, con una bebé que luego se convirtió en niña y más tarde con otra criatura, y luego de nuevo sola cuando su marido prefirió pasar los veranos navegando.

La primera vez que alguien la había llamado señora había sido precisamente en esa isla, mientras esperaba para bajar al mar por unas escaleras que la gente solo usaba para salir del agua, ya que lo habitual era tirarse desde las rocas. Un adolescente le dijo a su amigo que esperase a que bajase la señora antes de subir. Cuando sus pies tocaron el agua, pensó que al menos había tenido la lucidez de saber que se acababa de marcar un ecuador en su vida.

En la isla siempre vestía de blanco. Tal vez eso era lo único que no había cambiado en su relación con el lugar. Todo el resto —la zona donde vivía, su vínculo con el mar, su amor o desaprobación a los turistas, su sentido de pertenencia, o la felicidad o malestar que sentía estando ahí— mutaba cada lustro. La isla había marcado los distintos momentos de su vida y ninguno de sus puntos cardinales conocía realmente a la mujer que había vivido en los demás polos. Ella había crecido en las montañas, enclaustrada por la sombra que creaban.

La descubrió cuando era adolescente. Conocer esa isla había significado liberarse de los frentes en los que se había visto atrapada durante toda su infancia. Había tirado un muro y literalmente había descubierto un paraíso. En el oeste de la isla, conducía en moto con sus amigas. Había estado esperando en las rocas la llamada de un chico que estaba dos poblaciones más allá. El sol desapareciendo en el horizonte era el reloj que le marcaba esa espera. Cada tarde ansiaba su llamada. Estaban en la misma isla, él la quería, por supuesto que se iban a ver. Pero nunca llamó.

Le había picado una medusa por primera vez en la vida. Se ponía pañuelos en el pelo. Su cuerpo tenía prisa por dejar sus formas de niña. Iba de invitada a casa de unas amigas. Claro que veía que esa casa era impresionante, que estar frente al mar y tener acceso exclusivo a él no era lo habitual, pero todavía no sabía lo que significaba el dinero. Cada día iban a una cala distinta, cada noche a la fiesta del pueblo. Le parecía un sueño imposible poder pasear por esas playas agarrada de la mano de un hombre que quisiese estar con ella en esa isla.

Tardaría diez años en llegar. Fue en el norte donde esa persona la llamó por su nombre de pila completo, donde conoció los besos por inercia en los escasos semáforos en rojo de la isla, donde esa persona le sacaría las púas de erizo que se le habían clavado en el pie. Pero también conoció las limitaciones de lo que el otro puede llegar a entender de uno mismo. Andaba sola por las salinas del norte y así sacaba a pasear los pensamientos que solo le importaban a ella. Empezaba a sospechar que quizá ella misma era una isla para quien la quería.

Caminaba por terrenos donde ponía PELIGRO DE CAZA y le parecía excitante. Se sentía bella, mucho más que de adolescente o en su primera juventud. Su cuerpo le respondía. Defendía con vehemencia que la única forma de honrar el mar es entrar solamente con la piel.

Buceaba al lado de su marido y veía peces desplazarse en grupo. Pensó que quería formar una familia. El verano siguiente, las contracciones de su útero al expulsar a un embrión la sorprendieron en una playa del sur. Tuvo que ir a esconderse entre unos pinos para limpiarse el sangrado.

En las calas levantaba la cabeza de su libro y veía a familias con niños. Le parecía un sueño inaccesible bañarse con un bebé en aquel agua cristalina imposible. Crear hijos de ese mar, niños que tuvieran heridas en las rodillas. Piel morena, fuerte, resistente al viento y al sol. Que se tiraran de cabeza al agua, que saltaran de las rocas, que supieran moverse con esa naturalidad que solo se consigue si uno es de cuna, y ella nunca lo fue.

Dejaron el norte. Tuvieron que dejarlo. Veranos más tarde, en el sur, era la vida de su primera hija la que se desplegaba ante ella. Ahí las rocas ya no eran marcianas sino rectas y esculpidas. El verde había perdido su intensidad. Tuvo que aprender de nuevo a relacionarse con el viento. Conoció la extenuación. Su hija era signo de fuego y la isla removía tanto su ánimo que se decía que era el viento el que avivaba su llama. Su nueva vida se regía por la de su hija, a pura entrega y servicio. El sol había dejado de ser el único referente. Pero cuando se metía en el mar, ningún cambio importaba demasiado. Era el agua quien la arropaba a ella. Podía ser hija de nuevo.

Una tímida libertad la sorprendió un verano en el este. Se dijo que ya había puesto a personas en el mundo. Lo pensó aquella mañana al leer una noticia sobre unos pinchazos a unas chicas en las fiestas de un pueblo cercano. Podía leer sobre altercados en las discotecas sin pensar en sus hijas con angustia. Ya revoloteaban en el mundo por su cuenta. Había criado a personas funcionales e independientes que se sabían queridas por sus padres. Las había arrojado al mundo, tal y como lo hicieron con ella.

Ahora la señora había aprendido a vivir la isla sola. Una tormenta de verano podía hacerla delirantemente feliz. Pocas veces iba al mar. Prefería la vida en el interior: ver abrir los comercios, adivinar la edad de bebés llorando en carritos, escuchar conflictos de parejas y sacar sus propias conclusiones. Leer las noticias de la isla le creaba la ilusión de una unión entre todos. Como si le permitiese saber lo que ocurría detrás de cada ventana.

La isla le devolvía olas de verdad, a veces aplastantes y a veces agradables. Durante veranos no había querido ni siquiera ubicarse en la isla. Había sido capaz de ir decenas de veranos sin terminar de orientarse del todo, sin saber situar en un mapa las cosas. Y en su vida era lo mismo: seguir evitando, dejarse arrojar por las decisiones del otro.

Lo pensaba mientras conducía a comprar su tarta preferida para la cena que tenía esa noche, en la misma panadería en la que su hija mayor compró sola por primera vez con cinco años. Su marido y ella la vigilaron, caminando veinte metros detrás.

Esa noche cenaría con parejas que habían comprado terrenos en la misma época dorada que ella. Cuando se juntaban varios terratenientes, se hablaba del estado del *real estate*, de la apertura de nuevos restaurantes; se comentaba con temor y orgullo que estaban viniendo extranjeros a comprar propiedades al contado. La isla se convertía en un comensal más en aquellas cenas de verano.

Cuando volvió a casa en el Fiat Panda de los noventa que nunca salía de la isla, las estrellas desplegaron todo su orden y belleza. Los faros iluminaron a animales temerarios que cruzaban la carretera. Abrió las ventanas cuando pasó por las higueras y volvió a impresionarse con su olor. El mar también estaba durmiendo.

No dejaba de sorprenderle acordarse de los caminos salvajes que la rodeaban. Nada más salir de la única carretera principal que lo conectaba todo se entraba en mundos de pinos, tamarindos y demás árboles que habían sido vistos por muchos ojos. Sin embargo, parecía que los suyos fueran los primeros.

Conocía las curvas de la carretera a la perfección, las más peligrosas, las que implicaban frenar y las que no. La señora pensaba que la vida no se comprende hacia adelante, que solo es el misterio lo que nos hace continuar. Se había acostumbrado a no hacer nada con las ideas que le venían a la cabeza, a soltarlas en el espacio y a dejarlas ir.

A lo lejos se adivinaba la silueta de los escasos montículos de la isla. Pensó que en el fondo no eran las montañas las que le habían hecho crecer con una sensación de claustrofobia, sino su primera familia, su endogamia, su falta de pulsión y excitación hacia lo que se encontraba fuera.

De pronto la señora frenó en seco y giró el volante con templanza para adentrarse en un camino no señalizado. Ahora los faros iluminaban un tramo de tierra que peleaba con la vegetación para seguir existiendo. Se encontraba sola en el mundo de los árboles y de lo que nadie ve.

Desde niña creyó que el mar le traería la libertad. Pero ¿lo había hecho realmente? A fin de cuentas, esa isla no le había entregado ningún paraíso. Lo que le había ofrecido eran luchas con un fondo paradisíaco. El ruido del motor se confundía con el de las ramas chocando con el cristal del coche.

Sus luchas de hoy eran el tiempo muerto de mañana. Mientras aceleraba en un bache que hizo que botase el vehículo y que le subiesen las pulsaciones del corazón, pensó que llegaría un momento en el que ya no habría luchas y entonces ya no habría olas.

METEORITO

Cuando Diana pensaba en Gabriela la recreaba en el porche de su casa a lo alto de una colina en Pasadena, con un caftán blanco hasta los pies, rodeada de sus dos bebés de seis meses durmiendo en cunas de mimbre. Diana había ido a conocer a las criaturas de su amiga tres semanas antes de ponerse ella de parto. Había escuchado con atención todo lo que Gabriela tenía que decirle sobre su aterrizaje en la maternidad. Detectó en ella cierta angustia que no se dejaba ver en las frases que desplegaba, pero sí en el movimiento de sus ojos. Justo antes de la hora del baño de las niñas, Gabriela acompañó a Diana al coche. El cielo lo había teñido todo de naranja antes de volverse negro. Se colocó la cinta horizontal del cinturón debajo de la barriga, arrancó y, antes de pisar el acelerador, se despidió con unas palabras que nunca antes había usado: «Nos vemos en el otro lado del muro». Gabriela la vio desaparecer tras la primera curva. Diana no sabía que esa sería la última vez que conduciría sola antes de convertirse en madre.

Se conocían desde la escuela secundaria. Su parecido físico impresionaba hasta a sus propias madres y a menudo sus compañeros las confundían. No eran amigas cercanas ni pertenecían al mismo grupo, y aun así, cuando los profesores pasaban lista en ocasiones fingían ser la otra. Las chicas malas del instituto se reían de Gabriela por sospechar que era lesbiana y Diana aprovechó una ocasión en la que le gritaban de lejos creyendo que era ella para morrearse con el amigo que tenía al lado y que así dejaran en paz a Gabriela. No se debían fidelidad y se la dieron.

En la primera juventud sus rasgos se fueron separando y también sus elecciones estéticas. Se seguían en Instagram porque la aplicación se lo había sugerido a ambas. Cuando Diana estaba en el primer trimestre del embarazo trabajando en México, vio que Gabriela anunciaba que iba a ser madre próximamente y se animó a escribirle.

A los dieciochos años, Diana puso toda la energía en encontrar medios para vivir en tantos lugares como fuera posible, lejos de lo que conocía. Huía de algo que no sabía. Vivió en México, Inglaterra, estudió fotografía en París y trabajó como fotógrafa en España por unos años. Gabriela en cambio nunca había dejado Pasadena. Desde su casa lanzó un proyecto online de joyería con plástico reciclable, y en un año era una celebridad en internet con varios millones en el banco.

Tras diez años fuera de su país, Diana había vuelto a Pasadena en el octavo mes de embarazo para pasar el posparto cerca de su madre. Gabriela había acudido al vientre subrogado porque tras innumerables visitas y distintos diagnósticos, los médicos le habían informado de que tenía un útero hostil. Diana había dejado al padre de su hija en el país donde la concibieron.

Recorrían Pasadena con sus carritos. A veces llegaban hasta Descanso Gardens y volvían a paso acelerado porque las bebés empezaban a impacientarse. Coincidían en su predilección por ciertas rutas, posaron su confianza en el mismo pediatra, se ayudaban mutuamente en los cambiadores de Macy's cuando iban a echar un ojo a las rebajas de Jacadi.

Se entendían en lo pequeño y en lo grande. Se aconsejaban sobre el mejor modelo de biberones anticólicos, la mejor forma de crear un nido con toallas cuando las cunas aún eran un espacio demasiado grande para criaturas tan pequeñas. Se contaban quiénes eran. Aunque supieran de la existencia de la otra desde hacía ya muchos años, se habían conocido en un momento de sus vidas en el que ambas eran desconocidas para ellas mismas. Y aunque hablaran de sus antiguas relaciones, de sus padres, de sus ambiciones profesionales, todos los temas desembocaban en que acababan de ser madres y que el mundo no podía filtrarse de otra forma en ese momento.

Un día Gabriela le propuso a Diana ir a pasar el fin de semana en su casa de Malibú. Diana todavía no había dormido ningún día fuera del apartamento de su madre después de dar a luz, y le pareció una ocasión segura en la que estrenarse.

Al salir de la ciudad, se encontraron con un atasco.

—¿En qué me fijaba antes de los carritos de bebés y los bombos? —preguntó Diana mientras vio cruzar a una familia numerosa. Gabriela la miró mientras se puso las gafas de sol.

—Todavía te tocas la barriga como si hubiese algo ahí dentro —respondió Gabriela. Dirigió la vista al frente, y en tono jocoso pero con anhelo en la mirada continuó—: Supongo que yo me fijo en barrigas vacías.

Cuando el coche ganó velocidad en la Costa del Pacífico, las bebés se sumergieron en un sueño profundo. Era la primera vez que Diana se alejaba con su hija de la ciudad que las vio nacer a ambas. Luego, algo la devolvió a la tierra y se cortó el silencio.

Les emocionaba hablar de sus niñas. Imaginarse cómo serían de mayores. Una de las de Gabriela, con tan solo siete meses, cruzaba cuartos enteros gateando para alcanzar algo que estaba en la otra punta de la habitación. Con sus brazos, hacía como Hulk. Diana tenía ganas de ver qué haría con esa fuerza. Ambas habían traído mujeres al mundo. La carga y la honra.

Pararon para comer en Reel Inn Malibú. Cuando terminaron, antes de entrar en el coche, Gabriela pidió a una mujer si les podía hacer una foto. Dejó a una de sus dos bebés sentada en la sillita, cogió a la otra en brazos, y Diana hizo lo mismo con la suya. Gabriela subió la foto a sus stories y escribió: «Solo mujeres en Malibú». En internet, Gabriela compartía únicamente fotos de una de sus niñas, ya que la otra había nacido con labio leporino y decía que quería protegerla de los insultos de los haters. Diana no compartía su vida privada por internet, pero desde que eran madres habían dejado de juzgarse.

Al llegar a la casa de Gabriela, colocaron las cunas en dos habitaciones distintas y prepararon las habitaciones para ellas en el piso de arriba, justo encima de los cuartos de sus hijas, como si quisieran custodiarlas hasta en sueños.

Llegó la hora del baño y de acostar a las bebés. Prepararon el agua a 37 grados y sumergieron a sus hijas en la bañera, que experimentaban con el chasquido y el chapurreo. Mientras Diana vertía agua en la espalda suave de su hija, le cantaba siempre el mismo mantra: «Que el eterno sol te ilumine, y el amor te rodee, y la luz, pura interior, guíe tu camino». Después apagaron las luces, las envolvieron con sus edredones, les dieron el biberón con luz tenue y se durmieron al instante.

Gabriela y Diana se reencontraron en la sala de estar y alzaron los brazos en uve, en señal de victoria. Gabriela abrió una botella de vino natural de Napa Valley y Diana preparó un aperitivo frugal. Sonó Vincent Gallo a un volumen bajo para no despertar a las niñas.

—Amo este momento del día —dijo Diana—. Y no es que lo ame porque mi hija esté dormida y pueda empezar a beber, sino por la satisfacción que me da este último tramo: bañarla, mecerla, saber que descansa…

Se sentaron en el suelo y apoyaron la espalda en el sofá. Diana le sirvió una copa a Gabriela y se miraron fijamente a los ojos antes de brindar.

—¿Te acuerdas de cuando me llamabas desesperada porque no podías dormirla? Creías que estabas haciendo algo mal. Y mírate ahora, batiendo récord de tiempos. ¿Cuánto habrá tardado en dormirse, diez minutos? —preguntó Gabriela.

—Estoy mejorando en cosas que no tienen reconocimiento. Nadie nos va a dar una palmada en la espalda por haber aprendido a dormirla o porque tú estés haciendo que tus hijas coman todas las verduras que les das.

—«Ahora estás en la fuente» —me repite Lidia cada vez que me escapo y le cuento mis penas.

—¿Aun te dejas guiar por esa *nanny* espiritual que aceptó que le pagaras con Manolo Blahnik?

—¡La fuente! —repitió Gabriela, agarró la botella y la alzó. Rieron con soltura.

—Quizá en la fuente no existe reconocimiento —dijo Diana, mientras extendía la mantequilla en el blinis y colocaba una lámina de salmón—. Este vino no está esperando a que le den una palmada en la espalda por hacer su magia en nuestros cuerpos.

—Es cierto. Equiparamos la maternidad al trabajo. El reconocimiento existe para que la jungla de fuera siga funcionando.

—Hablando de la jungla de fuera, cuando estuve en el DF para mi expo en Kurimanzutto fui a la tienda de la Roma que me recomendaste y busqué algún vestido decente para la inauguración. No encontré nada, al final me compré un traje chaqueta en una boutique de Polanquito. Pero me quedé un buen rato en la tienda de la Roma hablando con tu amigo. Me dijo que eras la persona más talentosa que jamás había conocido, con su acento texano, mientras acariciaba a un chihuahua que acababa de adoptar.

—Su madre acababa de morir, por eso adoptó a ese perro. Y por eso dijo eso de mí. Debía de estar muy sensible.

—Yo creo que lo dijo muy de verdad. Ese hombre tenía un aura especial. Cuando salí de la tienda creí que había roto aguas. De pronto imaginar que mi hija iba a nacer en el DF, lejos de toda mi familia, me produjo un extraño alivio.

—La verdad es que no pude recomponer esa parte cuando me cayó el meteorito —dijo Gabriela, que no había escuchado lo último que Diana le había dicho.

A menudo usaban «meteorito» para abreviar aquella sensación que ambas sintieron al convertirse en madres. Pero la otra cara de la moneda de esa comprensión mutua es que veían el meteorito en los ojos de la otra. En algunos momentos ambas habían deseado poner pausa al hecho de ser madres, erosionar esa realidad y ser capaces de hablar de cosas totalmente diferentes. Pero al cabo de unos minutos se necesitaban de nuevo.

—¿Qué otros artistas expusieron al mismo tiempo que tú?

—Minerva Cuevas.

—No la conozco. ¿Cómo dices que se llama? —Gabriela agarró el móvil para buscar a la artista—. ¿Tú también buscas en Google a las artistas que te gustan para saber si son madres?

—No llego a hacerlo, pero a veces me lo pregunto, sí.

—Siempre me acuerdo de una entrevista en *The Guardian* en la que Marina Abramović dijo que hubiera sido devastador para su carrera haber tenido hijos.

—Es un titular muy performativo, como todo lo que ella hace.

—Vale, ahí va una opinión impopular: no soy capaz de identificarme de verdad con la obra de una mujer que dice haber entendido la vida sin haber sido madre.

Gabriela posó la copa en la mesa con una solemnidad teatral.

—No te atrevas a decir eso fuera de estas cuatro paredes.

—…Y en particular si ha centrado su obra en el cuerpo. Hay una parte de la existencia que no ha conocido.

Diana simuló un micrófono con su mano:

—Así que Gabriela Ciriani opina que Marina Abramović se ha quedado en una visión sesgada y estática del cuerpo y de la vida por no haber sido madre. Durísimas declaraciones, amiga.

Desde el vigilabebés se oyó un murmullo. Diana se levantó bruscamente. Le puso el chupete a su hija y se volvió a dormir. Cuando volvió, se sentó en un nuevo sillón, en frente de Gabriela. Agarró una almohada y la colocó en la barriga.

—Fuera bromas, entiendo lo que dices. Yo fui delirantemente feliz durante el embarazo.

—Yo lo viví a través de e-mails con ecografías, pero incluso así soy más *connoisseur* que Marina en esta materia. Quién sabe, quizá lo que me enfada tanto es no haber podido experimentar esas cosas yo misma.

—Te perdiste cosas bellas, pero también otras muy duras. Quién me iba a decir que conocería un tipo de soledad nueva, justo antes de dar a luz. Recuerdo la cena previa con toda mi familia, mis hermanos y sus parejas. Brindamos por el nacimiento. Era una noche perfecta de verano. Habíamos puesto la cubertería del mercado de artesanía de México, colocamos guirnaldas en las ramas de los almendros, el ave del paraíso estaba en flor… Brindamos con champagne y yo me mojé los labios. Hicimos apuestas sobre cuándo nacería y mi hermano Ernie dijo con una seguridad que me estremeció: «Mañana, ya hemos llegado todos». Nos fuimos a dormir, felices y exaltados. Éramos una familia numerosa, pronto lo seríamos más. Dos horas más tarde me desperté. Supe, con una certeza de esas que asusta, que eso iba a empezar. Ahí, cerca de mis padres, mis hermanos, toda la gente que me ama… Todos estaban dormidos, menos mi perra, que me miraba con ojos tristes desde la penumbra de la habitación. Fuera se oían grillos y la carretera a los lejos. Supe que a partir de ese punto estaba sola. Totalmente sola. Han pasado meses y no me abandona ese sentimiento.

Eran temas recurrentes, pero siempre surgían nuevos matices. Se encontraban en las lágrimas, en la cara de temor y exaltación cuando empezaban a escuchar en la otra el momento en que tuvieron a sus hijas en brazos. Cuando Diana añadía algún detalle sobre su parto traumático, los ojos de Gabriela se aguaban a pesar de que sus palabras pretendían arrojar una luz más positiva.

Abrieron una nueva botella, con los actos mecánicos del que ya lleva mucho alcohol en el cuerpo.

—¿Por qué lo hemos hecho? —preguntó Diana—. ¿Crees que fue una decisión libre?

—Venimos de nuestras madres. Las vimos haciendo de madres. Supongo que lo natural era imitar lo aprendido.

—Tiene sentido. Ay, nuestras madres… ¿Tú conoces a alguna mujer de su generación que no esté loca?

—Quizá mi antigua suegra… Bueno, menos por el hecho de que colocara escuchas en la casa de su hija porque pensaba que estaba metida en el narco.

—Siento que se acepta mucho mejor la locura en los hombres que en las mujeres. Un hombre de sesenta años histriónico que canta desde la mesa de un restaurante será visto como un hombre gracioso, una leyenda. Una mujer será vista como una auténtica tarada.

—Yo no quiero llegar loca a esa edad.

—Nuestras madres construyeron su vida alrededor de la promesa del patriarcado. Fueron las matonas de este sistema. Y de pronto se les ha pasado la vida y ven que el orden que defendieron les ha fallado. El nido vacío… La sensación de falta absoluta de propósito una vez dejan de ejercer como madres.

—Puede ser. —Gabriela encendió dos velas con una caja de cerillas del Reel Inn Malibú—. Pero bueno, desde luego yo sé por qué quise ser madre. Llevaba mal tantos años… Con una ansiedad y una tristeza tan profundas… Y luego la depresión, que me volvió cuando nacieron. Como un mensaje claro de la vida diciéndome que no se puede huir hacia delante. Estas niñas están en el mundo porque firmé unos contratos e hice unas transacciones, porque moví una maquinaria para llegar a mi objetivo. ¿Me voy a pasar toda la vida haciendo cosas por ellas para justificar que las puse en el mundo de forma artificial? ¿Me voy a pasar el resto de la vida esperando su indulto? —Gabriela miró su copa como si fuera un abismo, y añadió—: El indulto por haberles privado de una figura paterna, o simplemente una persona más que solo yo. Nunca he pensado tanto en mi propia muerte como ahora que soy madre. Ya no me puedo morir. Eso es un gran cambio. —Esta última frase la dijo riendo—. La cosa es que me he dado cuenta de que enfoqué mi maternidad como un objetivo más que tenía que conseguir. Como cuando lancé mi marca de joyas, o incluso cuando me enamoré de esta casa y conseguí convencer al antiguo propietario de que la vendiera a pesar de que este es el último lugar donde vivió con su mujer antes de morir. ¿Qué tenía que hacer para conseguir ser madre? Dame un plan y lo ejecuto. Y ahora que las tengo y veo que son humanas, que desean y sufren, que han llegado a un mundo donde su misma existencia es una amenaza para muchos…

Gabriela derribó una vela con su gesticulación. Parecía que iba a derramar también la botella, pero logró agarrarla antes de que cayera contra la mesa.

—Es duro lo que dices. Pero todo eso sigue sin responder a por qué quisiste conseguir a toda costa ser madre.

—La digresión es mi arte. Tanta chapa y ni contesto a tu pregunta. Qué intensas nos ponemos en Malibú, ¿no? Vamos a cambiar de música.

Gabriela agarró el móvil y puso Esquivel. A Diana no pareció afectarle el cambio de vibración.

—Mi madre siempre me había dicho que la maternidad es lo mejor de la vida. Y ahora que paso horas con ella, más de las que he pasado en estos últimos diez años, ahora que la miro con mis ojos nuevos de madre, me he dado cuenta de que se refugió en nosotros precisamente para no mirar la vida. Y ahora me pregunto si yo ya había encontrado «lo mejor de la vida» viajando y conociendo el mundo. La belleza de las cosas… haber visto a un lobo en Suiza o auroras boreales en Islandia. Qué quieres que te diga… Hubiera deseado saber más en donde me metía. Se habla de que nunca vuelves a dormir igual cuando eres madre, pero no tanto de que te ves viviendo un duelo.

—Vida y muerte.

Beben sorbos a ritmo lento y Diana se da cuenta de que la conversación ha llegado a un punto demasiado intenso. Toca hablar de otras personas.

—He visto en IG que tanto Carlotta Burch como Camila Berlin del instituto han sido madres.

—Sí, a Carlotta me la cruzo a veces. Se la ve muy feliz.

—Te juro que no entiendo la normalidad con la que muchas entran en este nuevo mundo, como si llevaran siendo madres toda la vida, como si solo se hubieran cambiado de seguro del coche.

—No todo el mundo alcanza los mismos niveles de sensibilidad. Considérate una afortunada.

—El cambio que yo he experimentado ha sido tan fuerte como cuando me vino la regla y todo mi sistema hormonal mutó. La diferencia es que, como la niña que dejaba de ser, no podía procesar ese cambio.

Con sus uñas, Gabriela hizo tintinear la copa sonriendo para avisar a Diana de que estaba vacía. Diana le sirvió, mientras dijo:

—Te voy a contar algo que no he contado a nadie. No porque sea un gran secreto sino porque siempre digo que no hay cosa más soporífera que escuchar el sueño de otra persona. Pero esto no es exactamente un sueño…

—Dispara.

—Cuando me meto en la cama e intento pensar en algo para dormirme (ya sabes lo que me cuesta), siempre me viene la misma imagen. Estoy de pie en la orilla de un río rodeado de arrozales, mirando el agua. De pronto viene a buscarme en un trozo de madera una chica que soy yo misma y me invita a subirme con ella. Lo hago, me arropa con una manta muy cálida y me abraza. Podría elegir un velero, o un yate, y sin embargo cada noche escojo un trozo de madera, tipo Jack y Rose en *Titanic*. Pero nunca entra el agua, es una madera infalible. Entonces nos vamos las dos abrazadas río abajo y llegamos mar adentro, secas, abrigadas, la luz perfecta, con un sol que calienta pero no quema. En este punto ya me he dormido.

Gabriela escuchó con atención y tardó unos segundos en contestar:

—Dormir es lo que nos hace falta.

—Te lo cuento porque esa imagen se está empezando a desvanecer. Yo me estoy empezando a desvanecer. Mis reticencias sobre ser madre también. Ahora hasta pienso en darle una hermana… Pero no quiero olvidar a la persona que se fue el día que di a luz… Que en ese momento todos los poros de mi cuerpo captaron la humanidad y la fragilidad de este mundo. Que no pude soportar sentir tanto y tan fuerte. Se ha metido en mi soledad. Nadie lo había conseguido. La otra noche hasta le escribí un poema…

—La maternidad me está ablandando a mí también. Cuando

veo a alguien que me cae fatal pienso que ese impresentable tiene una madre. Entonces ya no me acuerdo de por qué estaba tan enfadada.

Ambas posaron sus copas en la mesa y se levantaron. Se tambalearon. Diana se dirigió al cuarto y se tiró en su cama sin quitarse la ropa. Gabriela le habló desde su habitación:

—La que está en la barca es Diana-madre: en un medio turbulento pero, sorprendentemente firme, lleva el timón. La que está en la orilla es Diana-hija: expectante, esperando órdenes.

—Lo bueno de los días es que todos pasan, uno tras otro. Nadie es tan rebelde para hacer otra cosa.

Eran las siete de la mañana cuando Diana abrió los ojos y sintió un fuerte dolor de cabeza. Ahora los días de resaca eran como cualquier otro día, solo que con malestar, pensó, mientras se desperezó rápidamente y salió de la cama para ver a su hija. Cuando llegó al último escalón de las escaleras se fijó en que la entrada de la casa estaba abierta. Corrió hacia el cuarto de su hija. En la cuna no había nadie. Gabriela seguía durmiendo, igual que sus dos hijas.

Todo pasó en un instante. Llegó la policía y Diana se encerró en la habitación de la niña. Al cabo de una hora Gabriela entró en la habitación donde se encontraba su amiga:

—Me acaban de contactar. Iban a por mi hija. Dicen que pronto darán más detalles sobre lo que piden para recuperarla. La policía ha deducido que como vieron dos bebés en una habitación y un solo bebé en el otro cuarto… —Gabriela traga saliva y sus palabras le duelen en la garganta— debieron de pensar que tu hija era la mía, pensaron que solo tengo una hija porque no comparto fotos de la otra. Lo siento en el alma.

Los ojos de Diana no se movieron de un punto difuso de la habitación, mientras su mano mecía la cuna.

HIJA DE YOUTUBE

Un colibrí precioso posándose y alejándose de un árbol en Los Alamos. Dos sombreros de cowboy flotando en la presa Hoover. Fruta hermosa chafada en medio de la carretera, caída de algún camión. Un tornado pequeño naciendo y muriendo a la espalda de dos chicas que se hacen selfies en una avioneta abandonada en el Valle de la Muerte. Me gusta apuntarme imágenes únicas que la gente se pierde por mirar el móvil. Me sirve para acordarme de por qué estoy aquí haciendo esto, y no en Los Ángeles, haciendo lo de siempre.

Estoy sentada en el jardín de mi nueva casa en Oakland, California, bajo el calor del sol de los últimos días de verano y me imagino toda la belleza que llegará a esta tierra cuando sea primavera. Desde mi exilio virtual todo lo que hago y quiero hacer es esperar. A que broten las flores, a que el limonero se desprenda de sus frutos para que me pueda preparar agua con limón todas las mañanas, a que las gallinas me den la proteína que necesito con sus huevos. Aquí en este huerto he dejado de orar.

Claro que a veces echo de menos algunas cosas de mi antigua vida de youtuber espiritual: el brote de likes, el subidón de serotonina, los comentarios ingeniosos de los usuarios, las doce horas al día editando los vídeos, la incertidumbre de cuál iba a ser la reacción de mis fans, los *after effects*, los líos con el SEO, la merch, la promoción, conocer a mis seguidores durante los retiros. La vida virtual también es una forma de cultivo.

Mientras pienso todo esto veo a Drew acercándose a mí con la pala en la mano. Sé que dentro de unos minutos se sentará a mi lado con dos sodas y los temas se irán enlazando solos, como flores trepando por nuestra fachada. Drew es lo mejor que me dio YouTube. Ni siquiera fue el dinero, que nunca me importó demasiado, aunque gracias a él me he podido comprar esta casita. Drew es productor de música, le contacté por mensaje privado pidiéndole ayuda para unos vídeos que estaba editando y al poco tiempo nos desvirtualizamos.

Cuando hablamos de la vida que ambos hemos dejado, Drew siempre me repite que es muy fácil odiar L.A. y muy difícil conocerlo realmente. Él ama a la ciudad que le vio nacer sin pedirle nada a cambio. Los Ángeles es una estrella en la tierra, es la estrella en sí misma, me insiste, y todo el mundo viene a intentar absorber su luz. Drew me quiere como quiere a L.A. y por mí se ha mudado a este nuevo lugar. Yo en cambio nunca he sabido darle tanta importancia al sitio donde vivo. Quizá por ser de Puerto Rico no soy capaz de sentirme ni gringa ni latina y siempre estoy entre dos mundos. O quizá por ser Libra ascendente Aries, siempre estoy flotando.

Voy a retirar el tema rápidamente de la mesa: si googleas mi nombre te saldrá de todo y cada cosa será más contradictoria que la anterior. El huerto me ha enseñado a hablar de hechos y no de ideas. Así que me atendré a ellos: promovía un programa que aseguraba curar cualquier tipo de adicción mediante la ayahuasca. Soy una exadicta, así que usaba mi propia superación como prueba de su validez.

Verás titulares de medios respetados con frases que dije y que no incluiría ni en el compost diario. Barbaridades tales como que el ácido hialurónico inyectado en los labios es exactamente lo mismo que el ácido del LSD que posaba en mi lengua. Lo cierto es que nunca me creí nada de lo que dije, pero parar a cuestionármelo no estaba en el universo de lo posible. Si hubiese abierto esa puerta, un viento huracanado lo habría destruido todo, rompería todos los platos, los cuadros y las botellas y no podría volver a cerrarla nunca más.

La diferencia entre miles de aspirantes a youtubers y yo es que el cariño que les daba a mis suscriptores no terminaba en internet. Cuando les conocía en los retiros que organizaba, les hacía sentir a gusto con mi calor. Me gustaba imaginarlos en miniatura, colocados en fila india en la palma de mi mano mientras reproducían la coreografía que les acababa de enseñar. Siempre prolongaba un buen rato los abrazos que les daba. Si la gente supiera el traspaso de energía que se produce entre dos cuerpos con tan solo un abrazo no abrazarían tan a la ligera. Los gringos lo saben y por eso los dan sin tocarse prácticamente.

Ser youtuber implica sacrificio. Se lo das todo a tus seguidores y al final sencillamente se acaban aburriendo o, peor aún, nunca sabes por qué han dejado de mirar tus vídeos. Los hijos de YouTube somos criaturas de internet, una madre con apego ambivalente. Yo tenía un sexto sentido para saber cuándo darles más a mis seguidores. Llegué a los dos millones con un engagement del 45 por ciento.

¿Por qué se nos da tan bien las redes? Somos una generación de niños sobreprotegidos por sus padres. Somos capaces de dar todo el amor y la atención posible para recibirlo de vuelta y prolongar el paraíso de la infancia *ad infinitum*. El único que parece haberse enterado es el algoritmo. Internet consiente todos nuestros caprichos, ahí podemos ser guapos e ingeniosos. Y los haters solo sirven para hacerse más grandes. Tanto en el huerto como en YouTube, hasta el fracaso es una inversión.

Yo venía de la falta de amor y de atención, pero el efecto final era el mismo. Nos encontrábamos en el otro extremo del sendero. Mi madre tenía histeria, llevaba años ingresada por trastornos que iban mutando de nombre cada lustro. Mi padre se suicidó cuando yo tenía veinte años. A mí me crio internet.

Pasé la mayor parte de mi infancia en Aguas Blancas, en las montañas de Yauco, hasta que nos mudamos a San Juan por el trabajo de mi padre. Aprendí rápidamente que la naturaleza era mi amiga fiel ya que pasaba los días sola, observando el fluir del agua para saber cuándo cruzar los ríos. Pero esa soledad me hizo ver cosas hermosas. Una noche estaba jugando con piedras a la orilla del río cuando alcé la vista y vi unas luces misteriosas en el cielo, como estrellas fugaces que se movían en zigzag, a una lentitud inusual y luego a una rapidez vertiginosa, para finalmente desaparecer. Nunca he olvidado tal destello de belleza. Cuando corrí hacia mi madre para contárselo me dijo que solo las niñas feas se inventaban cuentos.

Todo lo que guardo de mi infancia es lo que mi memoria ha sabido retener, ya que nunca vi una foto o vídeo donde saliera de pequeña. Cuando les preguntaba a mis padres por qué no había imágenes mías siempre me respondían que pensaban que alejándome de cámaras me estaban protegiendo.

Cuando tenía seis años le pregunté a mi amiga Luiny en Puerto Rico si ella también se volvía invisible al llegar a casa. No había ninguna metáfora en esa pregunta. Pero cuando me dieron mi primer móvil a los trece mi vida cambió para siempre. Una pantalla iluminándose me devolvía mi existencia. Fue así como salí al mundo, hasta que de repente tenía veinticinco años y había basado mis amistades, mis amores y mi modelo de negocio alrededor de esa luz azul.

¿Queréis haceros famosos en un segundo? Retransmitid vuestras miserias en directo. Me volví viral por compartirlo todo sobre el suicidio de mi padre: la bañera ensangrentada, los utensilios que usó para cortarse las venas, el historial de la autopsia, todo. En ese momento sentía que estaba dando algo al mundo.

Una madrugada de vuelta a casa de una fiesta me puse a hacer un directo para enseñar mi nueva sala de meditación trascendental. Mientras me iba moviendo por la casa iba contando mi forma de guiar la meditación. De repente los comentarios iban subiendo a una velocidad abrumadora. Sin querer había enseñado una caja de pastillas Adderall en mi escritorio, mi anfetamina preferida. Alguien había hecho un pantallazo y se estaba volviendo viral. Esa imagen se llevaba por delante todo mi castillo.

En un primer momento se me heló la sangre. Y también el móvil, que se bloqueó a causa de tantas notificaciones. Salí en *The Cut*, *The Atlantic* y en el *New York Times*. ¿Cómo podía llegar a medios tan importantes? Poco a poco empecé a sentir una excitación sin precedentes. Estaba existiendo más que nunca en mi vida.

Al cabo de unas pocas semanas la estafa dejó de ser interesante para la gente. Estaba perdiendo la atención del público. Hice lo que pude y lo forcé hasta el final: subía vídeos contando todas las mentiras, enseñaba el material que había tenido que descartar por ser demasiado evidente que estaba bajo la influencia de algo. Volvía a usar la miseria para no perder la atención. Pero al cabo de unas semanas ya no daba resultado.

Seguí forzando mi ingenio. Me apunté al carro de los youtubers que prueban drogas experimentales en sus vídeos. Probé el sapo, la *Salvia divinorum*, nuevos tipos de éxtasis, el mix Calvin Klein, todo lo que mis seguidores me pedían en los comentarios. Pero no llegué a esa genuinidad necesaria para gustar. Los seguidores tienen un fino olfato para reconocer la desesperación. Me estaba volviendo invisible de nuevo.

Internet me estaba cerrando la puerta. Así que se me ocurrió crear una comunidad a través de Meetup para gente adicta a las redes sociales que había sufrido bullying en internet. La llamé E-Pain No More. Les recibía en mi jardín y preparaba barbacoa para todos.

Predicar siempre fue mi lugar seguro. Nadie como yo era capaz de entender ese dolor y de darles exactamente lo que andaban buscando en las redes: ser vistos. Les invitaba a reproducir delante del grupo lo que harían en internet: una performance, leer el poema que hubieran colgado. Todos aplaudíamos después. Convertía los likes en abrazos de verdad.

Bo-Young llegó a mi vida en una de esas sesiones. Era una chica surcoreana de trece años con cientos de miles de seguidores en TikTok a la que le estaban haciendo bullying en masa por ser lesbiana. Normalmente se quedaba rezagada durante las actividades, hasta que en la quinta reunión decidió abrirse y empezó a soltarlo todo. Con su mirada fija en el césped, iba recitando de memoria todos los insultos que había recibido y los alias exactos de sus agresores. La lista era interminable.

El día siguiente me desperté con un mensaje en el grupo de Whatsapp de la comunidad. Bo-Young se había quitado la vida esa madrugada.

En la verdadera oscuridad del espíritu, no existe nada que te quite el dolor. Otro suicidio. Por supuesto que tanteé la posibilidad de que todo eso no fueran sino señales de que la que tenía que dejar esta vida era yo. En esa época, mi cuerpo seguía realizando sus funciones, exigiéndome sus labores pesadas y repetitivas, pero mi alma no funcionaba.

Decidí ingresar voluntariamente en Sanctuary Treatment Center, un centro de desintoxicación maravilloso, muy conectado con todo lo espiritual. Por un par de días dejé de predicar y ejercí el silencio. Estaba empezando a sentirme mejor hasta que de pronto una mujer de aspecto andrógino me llamó por mi nombre cuando salía de la sauna finlandesa. Me dijo que tenía un mensaje muy breve pero muy importante que transmitirme:

—Me envían para informarte de que eres reptiliana.

No pude evitar soltar una carcajada. Hacía muchos días que no me reía, así que al menos lo agradecí. Ella, sin hacer ninguna mueca, prosiguió:

—¿Alguna vez has visto un objeto volador no identificado?

Negué con la cabeza, mientras soltaba una segunda carcajada.

—¿Nunca? ¿Ni siquiera de pequeña?

Entonces me vinieron a la mente las luces que vi en Puerto Rico y por las que mi madre me llamó mentirosa.

—Mira, no sé quién eres…

—¿Has visto alguna foto tuya de cuando eras pequeña? —me preguntó de golpe, interrumpiéndome, como si estuviera simplemente entregando una serie de preguntas robóticas.

Me quedé mirándola en silencio.

—¿Quién eres? ¿Quién dices que te envía?

La mujer se alejó de mí y antes de desaparecer por el final del pasillo me dijo:

—Tus padres, los de verdad, van a venir a buscarte. Se te presentarán en los próximos diez años.

Conozco la mirada exacta de alguien enloquecido, la he visto en mi reflejo más veces de las que me gusta reconocer. La persona que tenía delante sabía perfectamente lo que estaba diciendo. Todas sus palabras estaban medidas. Aun así, al principio no supe cómo encajar esa información. Esperé unos días, a ver si me pedía dinero o que le hiciera publicidad, pero no volví a verla.

A los pocos días dejé el centro y volví a casa. Me pasaba los días hojeando el único álbum familiar que tenía en el que solo aparecían mis padres. Palpé mi cara en frente del espejo a la búsqueda de algún signo reptiliano. Yo siempre repetía que si fuera un animal sería un lagarto, aunque según Google ser reptiliana no tenía nada que ver con el aspecto físico.

Volví a hojear el álbum. Me quedé clavada en una foto de mis padres sentados en unas tumbonas de color rosa salmón al lado de una piscina con forma de riñón. Miraban a la cámara, sonreían alegres, cada uno con un cóctel en la mano. Lo entendí todo: las personas que me criaron no podían ser mis verdaderos padres. Ellos nunca me hubieran dejado sola en este mundo.

Así que todo lo que tengo que hacer ahora es esperar. Desde mi jardín veo el sol ocultarse entre las montañas y eso significa que ya estoy un poco más cerca de mis padres. Nada de lo que busco está en YouTube ni en esta dimensión. A Drew le cuesta seguirme y no le culpo. Me dice que el presente es todo lo que tenemos. Pero yo no lo veo así: esperar es un acto precioso. Sin espera no hay fe. ¿Qué son diez años a cambio de unos padres?